俺はこのままひとりぼっちで、いつかおかしくなってしまうんだろうか

南綾子

双葉文庫

目次

俺はこのままひとりぼっちで、
いつかおかしくなってしまうんだろうか

2016年　春　サイレントマジョリティー

知り合いから聞いたんだけど、未婚男性の平均寿命は65歳ぐらいで極端に短いんだって。男性は孤独に弱くて、ひとりぼっちでいると生きる気力を失って、精神的におかしくなったりしちゃうかららしい。逆に女性は未婚も既婚も関係なく長生きなんだって。結婚を焦るべきなのは、むしろ男のほうじゃね？

朝食の日清カップヌードルチリトマトに湯を入れて三分待っている間に、いつもの癖でぼんやりとツイッターをながめていたら、こんなツイートがややバズっているのを見つけてしまった。桐山春来《きりやまはるき》は割り箸を袋から出しながら、小さくため息をついた。ツイート主はデザイン会社を経営している1992年生まれの女で、アイコンは本人と思しき横顔の画像、坊主に近いショートヘア、耳がちぎれそうなほど巨大なイヤリングをつけている。さらにツイートを遡ったら、既婚で子供もいるらしいことがわかった。

こんな女に、と春来は思う。独身男性の孤独など、これっぽちも、びた一文も関係ないじゃないか。なぜこんな底意地の悪いことをわざわざつぶやくのか。悪魔か？

心の中で愚痴りながら、カップヌードルの蓋をあけて麵をすする。なんだか味がしない。脳裏に悪魔のツイートがリフレインする。

――男性は孤独に弱くて、ひとりぼっちでいると生きる気力を失って、精神的におかしくなったり……。

箸を止めて、毒々しい赤色をした円を見つめる。朝食どころか、昨日の晩もインスタントラーメンだった。そのとき、はっと息をのむ。そういえば、昨日は昼もカップ焼きそばだったじゃないか。そして今日、昨日だけでなく、朝は基本毎日、日清カップヌードルチリトマトだ。

もうすでに、俺の生活は破綻しかけているんだろうか。体型は今も昔も変わらずやせ型だが、腹が少しぶよぶよしてきてはいる。健康診断はかれこれ……十年受けていない。十年⁉ 春来はにわかに空恐ろしい気持ちになって、やおら立ち上がると、流しの横の小型冷蔵庫をあけた。

缶チューハイ三缶、タッパーに入った購入時期不明の紅ショウガ、賞味期限を一日過ぎた卵一個。中にあるのは、それだけ。その卵一個を右手でつかみとると、しゃがみこんだまま、しばし考えた。それから「よし」と意味もなくつぶやき、卵を持ったままテーブルの前に戻ると、カップヌードルの中に割り入れた。

一口すすって、後悔した。まずすぎる。が、破綻した生活から卵一個の栄養分遠ざかることができたと考えることにして、あとは勢いだけですすり切った。最後にげっぷを一つして、ティッシュで鼻をぬぐいながら、テレビをつけた。

奇妙な衣装を着た若い女の子の大集団が、激しく踊りくるっている映像が流れはじめた。彼女たちはアイドルグループで、今日がメジャーデビュー日らしい。ティッシュを鼻にあてたままぼんやりとながめつつ、嫉妬なのか羨望なのかよくわからない感情で胸がちくちく痛んでいく。この子たちはみな、未来に向かってまっすぐ生きている。俺は今、何を、どこを目指して生きているのだろう、と春来は思う。

1975年生まれ、今年の春で四十一歳。いわゆる〝失われた10年〟に青春期を過ごし、大学を出てもろくな就職先がなかった。自分と同じような境遇の同世代の男たちは山ほどいる。足踏みしている間に年齢ばかり重ねてしまい、まともな仕事、まともな年収、まともな肩書、それらをひとつも得られないまま、恋愛も結婚もずっと縁遠い。そんな不幸と孤独に、誰も見向きもしない。俺たちこそ、〝サイレントマジョリティー〟なんじゃないか？　物言わぬ多数派。しかし、決して物が言えないわけでも、言いたくないわけでもない。俺たちみたいな人間の言葉に、誰も耳をかたむけない、それがわかりきっているから、黙っているだけだ。

そんなことを心の中でぶつぶつ考えたって、何の意味もない。

テーブルの上のスマホに目をやる。鞠子《まりこ》から返事はきていないとわかっているのに、LINEを開いて確認してみる。メッセージは十三件。すべて企業アカウントからだった。

はあ、とまた一つため息、それから「よっこらしょ」とつぶやいて、テーブルを片付けはじめる。カップ麺の空容器と割り箸を流しに持っていき、軽く水ですすごうかと一瞬考えたが、面倒なのでそのままゴミ箱に入れた。ついでに明日出す予定の空き缶をまとめながら、そろそろシーツを洗わないとな、何日洗ってないんだっけと思いついて、ふと手を止める。1Kのせせこましい自分の部屋を見回す。

何にもない。本当に何もない部屋だ。

大学のときに家を出たから、一人暮らし歴はもはや二十年超。一人で寝て、一人で起きて、一人でジャンクフードを食べてはじまる朝。それを二十年以上繰り返してきて、そしてさらに、あと何年繰り返すんだろうと、最近、よく思う。今はまだいい。それなりに自由を満喫し、友達も少ないながらいる。小説家になるという学生時代からの夢もかなえた——本が売れなくて今にも廃業しそうだが。孤独で死にそうというわけでは決してない。が、あと二十年、三十年、ずっと一人の生活に耐えられるのか？

どうしてもそうは思えない——男性は孤独に弱くて、ひとりぼっちでいると生きる気力を失って。

俺は、と心の中でつぶやく。俺はこのままひとりぼっちで、いつかおかしくなってしまうんだろうか。

店の前にある公衆喫煙所は、いつも通りの混雑ぶりだった。絶望的な顔つきで煙草を吸う男たちの頭上で、葉桜が可憐に揺れている。その中に、美穂《みほ》の姿を見つけた。彼女はこちらに気づくと、子供みたいにぴょんぴょん飛び跳ねた。

「遅くなっちゃった、ごめん」

「大丈夫大丈夫」美穂はくしゃくしゃの笑顔をつくりながら、手に持ったアイコスを振った。「原稿進んだ？」

「ぼちぼち」本当は昨夜、一文字も書いてないが、そんなことはとても言えない。

「嘘だ。本当はゲームでもやってたんでしょ。でも、まあ、いいよ。わたし、このまま三十分休憩してていい？」

「あ、うん」

胸に少々の痛みを覚えつつ、自動ドアを抜けて店内に入る。昼前で混雑していた。昨日、原稿仕事が溜まっていると無意味な嘘をついてしまったこと、ここ数年は溜め込むほど仕事の依頼などきていないこと、今とりかかっている仕事が小説家人生で最後の一冊になるだろうことが頭をもたげそうになるが、振り切って奥の事務所に向かい、急いで身支度をすると、レジのヘルプに入った。

母方のいとこの智樹《ともき》がコンビニのオーナー業をはじめて、今年で十五年になる。この駅前の店と、駅から二十分ほどの住宅街の中にもう一軒。どちらも立地のよさが幸いして、そこそこ繁盛していた。春来は六年前、小説家の仕事と兼業でやっていた非正規の会社勤めをやめたあと、この二店舗の店長となった。しかしそれは名ばかりで、やることはレジのヘルプと品出し程度、そもそも週に三日ほどしか顔も出さない。作家業を優先するため、智樹がそうしろとすすめくれたのだ。智樹とは一時期隣同士の家で暮らし、兄弟も同然に育った。そのせいか、昔から何かと気にかけてくれるのだ。そしてそれは、副店長である智樹の妻の美穂も同じだった。

三十代前半の頃、当時勤めていた青汁のコールセンターの上司からパワハラを受けたことがきっかけで自律神経失調症を患ったときに、労災認定を得られたのは、何より美穂の尽力のおかげだった。新刊が出れば何冊も買ってあちこち配り、たいして多くもない春来の原稿仕事のために、ずっとこうして店を切り盛りしてくれている。実質は美穂が店長のようなものだ。美穂がいなかったら自分はとっくに死んでいたかもしれない、とすら思うこともある。

「いいお嫁さんよねえ」

花丸クリーニングのおかみさんが、ガリガリ君ソーダ味を五個、レジ台に置きながら言った。アルバイトで雇っているミャンマー人たちに与えるのだろう。

「ここのオーナーのお嫁さん。昨日、わたしが店のシャッター閉められなくてもたもたしてたら、助けてくれたの。ありがたかったわあ。うちの息子にも、あんないい人が現れないかしら？　もう四十八よ？　いつまでも一人って、おかしいと思わない？　春ちゃん、なんとかしてよ」

「ハハ……」と春来は苦笑いだけで答えながら、手早くガリガリ君五個の会計を済ませると、まだ何か話したそうなおかみさんに向かって、「ありがとうございました〜」と追い立てるように言った。

次の客のかごの中には、コンドームが三箱入っていた。一つずつバーコードリーダーに当てながら、花丸クリーニングを最近継いだばかりの勝男《かつお》の姿を思い浮かべる。スキンヘッドに百キロを超える巨体、趣味は競馬と酒と風俗。会うといつもＡＶ女優の話をしている。

ああはなりたくない……のか、自分でもよくわからない。

昼時を過ぎたあとは、いつもより客足が少なかった。バイトもベテランがそろっていたので、かかりつけの病院にいく予定があるという美穂をはやめに帰らせ、春来は発注作業やたまっている事務仕事を片付けることにした。

が、三十分ほどやっただけで集中力が途切れ、ついスマホを触ってしまう。いつもの癖でツイッターをぼやぼやながめているうちに、なんだかよくわからないウェブ媒体の対談記事に飛んでいた。

〝独身評論家〟を名乗るライターの男と、結婚をテーマにした作品を多く描いているらしい女の漫画家が、『婚活で成功する人、しない人』というテーマで語り合うという趣旨の記事だった。「女は基本上昇婚を狙うからうまくいかない」だの「結局、男女とも受け身の人が売れ残っていく」だの、その辺の便所の壁にでも書いてあるようなことばかりべらべらしゃべっている。くだらない、そんなわけあるか、ばかばかしい、と心の中でツッコミを入れながら読んでいたはずが、気づくとスマホを握りしめ前のめりになり、夢中で文字を追っていた。

鳴海：わたしの女友達で、うまくいかない婚活に嫌気がさして、全部あきらめて仕事と趣味のために生きるって決めた人がいるんです。婚活していた頃より、今のほうがずっと幸せそう。無理して婚活する必要ってあるのかなって思う部分もあります。

高橋：僕は独自に未婚と既婚それぞれの幸福度について、アンケート調査をおこなったことがあるんです。それによると、女性は未婚既婚、あるいは恋人の有無で実はそれほど幸福度は変わらないらしいという結果が出ました。ところが男性は大違いで、未婚より既婚のほうがあきらかに幸福度が高い。もっとも幸福度が低いという結果が出たのは、未婚かつ恋人がいない男性でした。その中でも特に深刻なのは、そもそも恋愛経験自体がゼロかそれに近いタイプ。つまり男性のほうが、恋愛に左右されやすい人生といえると思います。

鳴海：えー意外。

高橋：結婚だけが幸せじゃないという考えは正論ではあるけど、ある意味、危険なんですよ。孤独と不幸は親和性がとても高い、という事実から目を背けてはいけないんです。とくに、男性は。

その箇所を、三回読み直した。それから「ばかばかしい」と声に出してつぶやき、スマホをテーブルに置いた。が、すぐにまたスマホを手に取って、高橋と鳴海の著書をアマゾンで調べてみた。最新作の星の数が高橋は156、鳴海238、春来が昨年出した文庫は2。気分はもうどん底で、仕事どころではなくなった。

結局、やろうと思っていたことが何ひとつ終わらないまま、いつの間に夜の八時前になっていた。腹が減った。何か食うかと、事務所を出て店内に入る。まっすぐインスタント食品の棚に進みかけて、足をとめた。独身男性の平均寿命は65歳。孤独と不幸は親和性がとても高い。総菜コーナーへ方向転換する。そのとき、店の自動ドアがビーンと開いた。

かぎなれた、シャンプーの甘い匂い。その一、二秒あと、「コンニチワー」と声が聞こえた瞬間、頭と胸を覆っていた濃い霧が、さわやかな春の風に吹き飛ばされた。

今日のリー・ナーは、白いシャツ型のワンピースを着ていた。彼女が着てくる洋服の中で、春来が一番かわいいと思っている服だった。清楚な雰囲気と、折れそうに細いウエストが際立つからだ。ナーは何かを探すように小さな頭を左右に振り、やがて春来に気づくと、ぱっと花が咲いたような笑顔になって、小走りで近づいてきた。

「店長！　昨日、本屋で、店長の本、見つけましたよ！」

ナーはこの店で働きはじめて三カ月になる大学生だ。中学生の頃、親の仕事の都合で中国から日本にやってきた。日本語はほぼ完ぺきだが、今でも少し訛るときがある。その訛りに気づくたび、ずっと変わらずこのままでいてほしいと、春来は切に思う。

「今、頑張って読んでます。すごく難しいけど。今度サインください」

ナーは顔の前で手をあわせ、ぺこっと頭を下げると、事務所へまた小走りで向かっていった。

そのナーと入れ替わりで、チーフのインド人ナビが出てきた。ナビは極太の両眉を人差し指でなでさすりながら（そのしぐさは女子バイトからキモいと大層不評だ）、「店長、もういいですよ」と春来に声をかけた。

「え？　何が？」

「いや、今日は八時で帰るって言ってたじゃないですか。だからあがっていいですよ」

「あれ、そうだっけ？」

「はい。先週そう言ってました。わざわざカレンダーに印までつけて」

そういえば、そんな話をしたような気もするし、壁のカレンダーの今日の日付のところに、赤い丸印がついているのも見た気がする。しかし、理由が全く思い出せない。考え込んでいると、事務所から制服のシャツと動きやすいジーパンに着替えたナーが戻ってきた。ナビを一切視界に入れず、春来に向かってだけニコッと微笑むと、すぐに品出しの作業をはじめる。

そのナーの細い背中を見ながら、春来は言った。

「いや、今日は〇時過ぎまでいようかな」

「あ、そうすか」

ナビは興味がなさそうにそう答え、混み合ってきたレジのヘルプに向かった。

それから、春来がいつも心の中で「ウキウキ青春タイム」と呼んでいる時間がはじまった。ナーとときどき軽口をたたき合いながら、仕事をする。もちろん、自分はまがりなりにも店長だし、終電前のこの時間帯はあわただしく、遊んでいる余裕などほとんどない。だが、それが逆にいい。互いに協力し合いながらレジに並んだ客をさばき、列が途切れた隙を見計らって、二言三言、私語を交わす。「今日は忙しいね」「おなかすいた」。そんな他愛もないこと。ナーはそういうときだけ、なぜかため口を使う。それがますますいい。まるで、大学生の頃に戻ったような気持ちになれるのだった。

実際のところ、春来が大学生だった頃に働いていた牛丼屋には、女の子の同僚なんて一人もいなかったし、それどころか週七で入っていた三十過ぎのフリーターの男に、一日一回は殴られるという最悪の環境だったのだが。

「あ、店長、それ、新しいスニーカー？」

さっき店に配送されたばかりの総菜と弁当類の品出し作業にとりかかったとき、手伝うためにそばにやってきたナーが言った。

「うん」

「オニツカタイガーだ。かわいい」

君がオニツカ好きだって言ったから、買ったんだよ。その言葉をぐっと飲みこんで、ただ「ありがとう」とだけ返した。

ナーはまじめなので、それ以上はもう話しかけてこない。黙々と、そしててきぱきと作業にいそしむ。それでいい、それでいいんだと春来は自分に言う。本当はもっと話したい。もっと仲良くなりたい。「わたしも新しいスニーカーほしいな」「そうなの？」「でも、何を買ったらいいのかよくわからなくて……店長、一緒に選んでほしいな」「え、う、うん、いいけど……」「ほんとですか？　じゃあＬＩＮＥ教えて……」

　そんな妄想会話を脳内で繰り広げていると、ふと、背後から殺気のようなものを感じた。振り返ると、怒りに満ちた目で自分を見ている女がいた。

「あっ」

「春くん、わたしとの約束、忘れてたでしょ」

　それは春来が高校三年生のときに、人生ではじめて付き合った女、夏枝《なつえ》だった。

「ちょっと、二人で飲みにいくの十数年ぶりだってのに、いきなりすっぽかさないでよ。今日まで連絡しなかったわたしも悪いけど」そう言って、夏枝は鼻息を荒く出しながら枝豆をつまむ。「それにしても、まさか何もないあんな道っぱたで偶然再会するとはねー」

「いや、何もない道っぱたって、ひどいな。うちの店があるだろ」春来はそう答え、串からレバーをかじりとった。「まあ、約束忘れてたのは、ごめん」

　二週間前の深夜〇時過ぎ、住宅街のほうの店の仕事を終えて外に出て、目の前の交差点を渡ろうとしたら、向かい側からやってきた女がやにわに「うそでしょ！」と叫んだ。それが夏枝だったのだ。夏枝の言う通り、会うのは実に十七年ぶりだった。その場で連絡先を交換し、飲みにいく約束もしたのだが、今日の今日まで春来はすっかり忘れてしまっていた。

「春くん、こっちに戻ってきたんだね。大学生のときは中野ら辺にいたよね。お母さんのところには住まないの？」

「うん。コンビニに電車通勤するのもだるいしさ、戻ってきた。でも、さすがに実家には住めないよ。歩いて十分ぐらいだけど。夏《な》っちゃんは？　ていうか、なんであんな夜更けにあんなところ歩いてたの？　今、どこ住んでるの？」

「隣の練馬区だよ。この辺からはそんなに遠くない。旦那の病院が近いの。まあ、そんなことはどうでもいいじゃない。そうだそうだ、わたしね、春くんが小説家になったこと、知ってたよ。本だって買ったことある。あの、視覚障害者の柔道部員が吹奏楽部員と恋する話」そう言うと、夏枝は自信満々の顔でビールジョッキをあおった。「春くんのフェイスブックのアカウントもだいぶ前に見つけたけど、今更かなと思って、連絡できなかった。昔ってさ、携帯のキャリア変えると番号も変わったりして、すぐ音信とだえちゃったよね」

「俺は誰かのフェイスブックのアカウントで、夏っちゃんが弁護士と結婚したって見たよ。いつだかは記憶にないけど。あーあ、本当にエリートと結婚しちゃったんだなあって寂しい気持ちになったのを覚えてる。でも、それはガセネタだったんだな。とはいえ本当の結婚相手は医者なわけだから、エリートと結婚は合ってたけど」

そう、十数年ぶりに会う夏枝は、医者の妻になっていた。きっと、暮らし向きは昔とはまるきり違うのだろうと春来は思う。しかし、それ以外はあまり変わったように見えなかった。セミロングのストレートの黒髪、スレンダーな体型、おしゃべりで仕切り屋の性格。あの晩、店の前の交差点で出くわしたときも、ほんの数分の立ち話の間に、あれよあれよと連絡先を交換させられ、あれよあれよと飲みにいく約束をさせられていた。それは、高三で付き合ったときと全く同じだった。

学校からの帰り道、二つ目の公衆電話のところで待ち伏せされて、いきなり「あたしのこと好きだよね？　付き合う？」と言われたのだ。あまりにびっくりしすぎて春来は返事ができなかった。が、次の日から毎日下校時に一時間デートすることが一方的に義務付けられ、文句も言わずに従った。それから二カ月もしないうちに、「やっぱ男として見られない」という理由であっけなく振られてしまったのだが。

しかし、むしろ交際を解消したあとのほうが、友達として仲が深まった。大学生の頃は、夏枝がそのとき付き合っている男について、実家の場所から出身高校名、嫌いな食べ物、好きな芸人、とにかく何から何まで把握させられていた。ところが、互いに社会人になると連絡が途切れがちになった。春来はただの派遣社員でそれほど忙しくもなかったが、夏枝は一日十三時間労働のブラック企業に就職していたのだ。そして夏枝が仕事をやめてオーストラリアにいってしまうと、そのまま音信不通になった。

夏枝は帰国後、航空関連の仕事を目指して就活したもののなかなかうまくいかず、大手旅行会社に契約社員として入社し、長らく働いていたという。そして三十五歳のとき、男性加入者医師限定の結婚相談所で今の夫と知り合い、二年の交際の末、結婚した。

「絶対に金持ちのエリートと結婚するって、高校生のときから宣言してたもんね」春来は言った。「有言実行、さすがだよ」

「いやいや今の時代、医者なんてたいして裕福じゃないよ。本当はもっとでっかい玉の輿に乗る予定だったんだけど、随分小さくまとまっちゃった」

夏枝は本人いわく、極貧の家庭で育った。中学生まで自宅のトイレが汲み取り式だったらしい。金に対するこだわりは、昔から人一倍強かった。そもそも自分に告白してきたのも、「桐山《きりやま》の実家は板橋区赤塚一帯の土地を所有する大地主らしい」という誤った噂を耳にしたのが理由だと、春来はあとになってしった。

「まあ、わたしの話はいいよ。春くんは、最近はどうなの？　彼女は？」

「彼女なんてずっといないよ」

「ずっとって、どのくらい」

「うーん、三年……いや五年…………十年」

「その十年前の彼女とはどこで知り合ったの？　なんで別れたの？」

「まあ、いろいろあって……」

「ダメダメ、ちゃんと順を追って全部話して。長くなってもいいから」

春来は仕方なく、紗枝《さえ》とのなれそめや別れの経緯を語った。二十代後半の頃、青汁のコールセンターのＳＶをやっていたときに新人オペレーターとして彼女が入ってきて、付き合いはじめたこと。しかしすぐ「わたしもいい年齢だから、だらだら付き合わずに一年以内に結婚したい。できれば作家をやめて、ちゃんとした会社に就職してほしい」と言われ、その後に何度も話し合いを重ねたが、折り合いがつけられなかったこと。結局ふられることになり、別れてすぐ彼女は結婚相談所に登録し、三カ月後には婚約、半年後には妊娠していたこと。

実は大学時代も含め、四十一歳になる現在まで、まともな男女交際歴はその紗枝一人であること、そして紗枝との交際期間も実質半年にも満たないことは、黙っておいた。

「その頃、新人賞とって三年目ぐらいだったかなあ。大学出ても就職先なくて、ずっと非正規で働いてただろ？　やっと人に堂々と言える職業につけたと思ったのにまた就活なんて、とても考えられなかった。そもそもまだ若かったから、結婚前提ってのも違和感があったし。でもさ、今になって思うよ。あのとき、彼女の言う通りにしておけばよかったのかなあって。だってもう今更就職なんてできねーし、本は書いても書いても売れねーし。俺、マジで人生詰んでる気がする。あーあ、新卒で公務員にでもなっときゃよかったなあ」

「いやいや、うちらの時代は公務員なんて超絶難関だったじゃん。そっちのほうが無理あるよ。ていうか、コンビニあるだけいいじゃない。いとこのお兄さんからそれなりにお金もらってるんでしょ」

「それ、それだよ」と春来はきゅうりをつまんだ箸を振る。「今、俺は自分一人のためだけに生きてる。自分一人だけだったら、作家の仕事がなくなっても、それなりにやっていける。楽な仕事と、多くはないけど定期的にある収入と、狭いアパートでさ。でも、この暮らしで五十歳、六十歳とやっていけるのか？　七十歳は？　無理だよ。孤独とみじめさにやられて死ぬ」

「うーん」と夏枝は首をひねる。

「でも、たとえばパートナーとか、養わなきゃいけない家族でもいれば、たとえばコンビニのオーナー業を継いでもっとがんばるとか、そういうことができる……かもしれない、いつかやってみないかとは、言われてるんだ、一応」

「えー。今まで自由に独身を謳歌してた人が、四十過ぎてそれできるぅ？」

「そうやって俺も思ってたよ。でも、この歳まで独身やって、最近しみじみ思うんだ。自分のためだけに生きるっていうのは、自分の可能性に期待してるからこそ、できることなんだよ。だけどさ、可能性ってやつは基本、歳とともに狭まっていくものだろ？　そんなときにパートナーとか家族がいないと、だんだん、何のために生きてるのかわからなくなってしまうんだよ。だから、みんな結婚するんだ。自分の人生に期待できなくても、家族の人生に期待を託せる。結婚が、生きる理由になるっつーことだな。若い頃は一生独身でもいい、結婚なんて興味ねーって平気で言ってたけど、甘く見ちゃいけない制度だったなあ」

「そんなそんな、結婚なんてしなくていいよ」と夏枝は鼻にしわを寄せる。「第一、デートするのが面倒くさいんでしょ？　春くんは昔からそうじゃん」

その通りだった。誰かを好きになっても、デートに出かけるのが面倒でたまらない。なぜあんなものをみんなしたがるのか、本当に心底全く理解できなかった。デートをするために連絡先の交換を持ちかけるだけで一苦労だし、それから予定を合わせて、店を探して、待ち合わせ場所を決める頃には、何もかもがしんどくてぐったりしてしまう。それに最近は、見た目を整えることがますますおっくうになってきた。新しい服も靴も興味がない、買いにいくのが面倒くさい。白髪染めもやりたくない。体を鍛えるなんて、まっぴらごめん。この不精が、異性をますます遠ざけることは十分わかっている。が、すべておっくうでたまらないのだ。

「春くんはやっぱり、わたしみたいな仕切り屋の女がいいんじゃない？　自分でなんでも決めたいっていうバイタリティ系の女」

「俺もそうだとは思うけど、そういう女って……」

「理想がばか高いのよねえ」夏枝が察して引き継ぐ。「ねえ、その十年前に元カノと別れてから、ずっと恋愛してないの?」

「……はい」

「誰ともデートせず?」

「そういうわけでもないけど……」

「ねえ、あれやんないの? 婚活サイトみたいなやつ。やってる人結構いるよね。わたしが独身ならバリバリやるけどなあ」

「やらないね」

今日はじめて、夏枝に嘘をついた。

「そっか。誰か付き合ってる人とか、付き合いたいなと思ってる人もいないの?」

「いないねえ」

二回目。

「そっかあ。まあとにかく興味ないなら、恋愛も結婚もしなくていいよ。とくに結婚なんて、世間が言うほどいいもんじゃないよ。わたしなんてさ……」

それから夏枝は、自身の結婚生活をめぐる愚痴をあれこれ語りはじめた。夏枝の愚痴を聞くのは、昔から嫌いじゃなかった。話にヤマとオチをつけてくれるので、聞いていて楽しいのだ。

しかしその晩は、なぜだかあまり楽しい気分になれなかった。夏枝の結婚生活はかなり悲惨な様相を呈しているようだが、それでも夏枝は、その結婚生活を手放す気はさらさらないらしかった。

多分、きっと、いや絶対。一人になりたくないから。みんなそうなんだ。やっぱりなんだかんだ、みんな一人は嫌なんだ。その考えが体にしみこむとともに、みるみる酔いがさめる。胸のあたりがもやもやと重たくなる。

「あ、もう〇時過ぎてる」夏枝が言った。「ねえ、このあとどうする？」

「どうするって、帰らなくて平気なの？」

「平気平気。旦那、夜勤だから。ねえ、昔、よくいったあの公園いこうよ。ここからすぐでしょ？　コンビニでお酒買って、あそこで飲み直そう。昔さ、二人で散歩してたらアオカンしてる……」

「いや、もう帰ろう」春来は箸をテーブルにぱちんとおいて言った。「ちょっと、仕事もしないといけないし」

「そっか」とつぶやく夏枝の目を見て、はっとした。昔、よく見た目だった。底のない暗い目。

しかし、すぐに明るい表情になる。「じゃあ、また今度いこう！」

駅前のタクシー乗り場で別れるとき、すっかり酔っぱらった夏枝は言った。「あのさー、あれ、やってないの？　なんだっけ、婚活サイト。今流行ってるんでしょ？　わたしが独身だったらガシガシやるけどなー」

春来はやっているともやっていないとも言わなかった。無事、夏枝をタクシーに乗せると、スマホを出して確かめる。

婚活サイトで知り合った鞠子から、一カ月ぶりにメッセージがきていた。

周りの誰にも内緒で婚活サイトに登録したのは、去年の夏の終わりのことだ。そんなもの死んでもやるものかとずっと思っていた。が、そんなものでもやらなければずっと一人、という現実が、鼻の先まで迫ってきているのを無視できなくなった。

登録してまもなく、女性たちから「自営業」という職業カテゴリーで足切りされていることに気づいたが、会社員と偽るわけにもいかず、年収を「200万～400万」から「600万～800万」に変えてみた。すると、メッセージを返してくれる女性が格段に増えた。しかし、罪悪感に耐えられず「400万～600万」にすぐに下げた。

そうした試行錯誤の結果、半年間で四人の女性と会うことができた。一人目は同い年の看護師の女性だった。初対面の場で「結婚したら実家の近くに家を建ててほしいんですけど、できますか」と言われ、正直に無理だと答えたら、トイレにいくふりをして行方をくらまされた。二人目は花屋の店員二十八歳、春来の職業をコンビニの店長ではなく運営会社の正社員だと勘違いしていたようで、間違いに気づいてから一言もしゃべらなくなった。三人目は三つ年上のフリーデザイナー。話も合ったし好感触を得ていたが、その後の連絡はなしのつぶて。

四人目が鞠子だった。気合みなぎる巻き髪と、女性らしい白のワンピース。この手の女と話が合うわけないんだよなあ、という予感は、席についてすぐ「あ、今日の会計は割り勘にしましょうね」と笑って言われた瞬間、吹き飛んだ。年は二つ上、大手不動産会社勤務。春来が自分の職業を詳しく明かすと、彼女はこう言った。

「わたし、大手に勤めるサラリーマンって大嫌いなんです。みんな金太郎飴みたいに同じ価値観だから。高い年収、いい車、いい時計、若くてかわいい嫁。それしかない。話もつまらないヤツばっかりだし」

趣味も音楽鑑賞とプロ野球観戦で、ぴったりだった。これまでどんな女性とも十分会話が持てばいいほうだったが、フー・ファイターズとレッド・ホット・チリ・ペッパーズと山田哲人の安打数の話をしているだけで、(というか鞠子の話を聞いているだけで)あっという間に一時間が過ぎた。

割り勘で会計したあと、「ごちそうするので、このあと夕食を一緒にどうですか」と春来は思い切って誘ってみた。あっさり断られた。が、「かわりに今度、さっき少し話してた池袋のおいしい中華屋さん、いきませんか?　会計は割り勘で」と言われた。

このとき、俺にはこの人しかいないかもしれない、と半ば本気で思った。翌週、いけふくろう前にゲゲゲの鬼太郎のTシャツ姿で現れた彼女を見て〝かもしれない〟は確信にかわった。この確信は、その後にさらに二回会ったあとも薄まらなかった。毎度、待ち合わせ場所も行き先も鞠子が決めたし、鞠子の望む通り、すべての会計を割り勘にした。五回目、小岩の八丈島料理店で「わたしって子供のときから仕切り屋なの」とめずらしく照れながら彼女がつぶやいたとき、春来は衝動的に口にしていた。

「好きです、付き合ってほしい」と。

「結婚前提ならいいですよ」

返ってきた言葉が意外すぎて、黙り込んでしまった。前に、どうしても子供がほしいというわけじゃないと話していたのだ。だから、結婚にもあまり興味がないのだと春来は思っていた。「もちろん」と答えるまでに、だいぶ間ができてしまった。声も少し、震えていたかもしれない。結婚したくないわけじゃないが、〝前提〟と条件をつけられて、ひるんでしまった。

それが伝わったのだろうか。六回目、月島にもんじゃ焼きを食べにいく約束を前日にドタキャンされ、そのまま連絡が途絶えてしまった。

その鞠子から、一カ月ぶりにＬＩＮＥのメッセージが届いたのだ。

今度の週末、もんじゃ焼きいく?

今更なんだよ、なんてことは思わなかった。連絡をくれただけで心からありがたかった。また一からやり直すなんて、まっぴらごめんだからだ。婚活サイトの有料会員の期限もとっくに切れている。

その週の土曜に会うことになった。決まるとすぐ、さぼっていた白髪染めをやった。翌日には新宿まで出かけて、ユナイテッドアローズで二万円のボタンダウンのシャツとコンバースを買った。

当日、待ち合わせ場所に二十分遅れで現れた鞠子は、星のカービィのTシャツを着ていた。まるで先週も先々週も会ったかのような顔で「もんじゃ楽しみだね」と言った。それから鞠子が予約した店にいき、食べたあとは富岡八幡宮を参拝してらぽーと豊洲をひやかして、最後に晴海ふ頭公園へいくことになった。以前と同じように、会話も行き先もすべて鞠子がリードしてくれて、とてもうれしかった。彼女と一緒にいると、安心感で体の先からじわじわとあたたかくなるような心地がする。何を話せばいいか、会計をいつすればいいか、このあとどこへいけばいいか、あるいはどうやって解散を切り出せばいいか、一切、びた一文、考えなくていい。

晴海客船ターミナルの臨港広場をぐるぐる歩きながら、あとはいつ、交際について切り出すかだった。告白ぐらい、男らしく自分で決めたほうがいい気がする。景色はロマンティックを絵に描いたような夕闇色に染まっていく。夜は友達と約束がある、とさっき鞠子は言っていた。この機会を逃したら、またどこかへいってしまうかもしれない。男性は孤独に弱くて、ひとりぼっちでいると生きる気力を失って。きっと俺には、この人しかいないんだ。

「あの、鞠子さん」

時刻がちょうど夕方六時をまわったとき、春来は切り出した。

「前に話した、付き合うっていう……」

「さっき、言ってたことだけど」

海に沿った壁に背をもたせかけて、鞠子は春来をさえぎった。海面は紫のような黒のような青のような不思議な色にゆらめいている。

「さっき、前に仕事をしばらく休んでたって話してたでしょ」

何のことだか、すぐにわからなかった。少しして、非正規社員時代の休職のことを言っているのだと気づいた。もんじゃ焼きを食べているとき、今までしていなかった話をいくつか打ち明けた。新卒就職に失敗して、長らく派遣などの非正規職を転々としていたこと。作家と非正規社員の兼業時代に、パワハラが原因で体調を崩して休職したこと。そして作家とは名ばかりで、食っていけるほどの収入はなく、今にも廃業しそうなこと。

ほかの女だったら、眉をひそめるかもしれない、でも、鞠子なら。そう思って。

「それって、もう治ったの？」

「うーん、治るとか治らないとか、そういう問題じゃないというか……」

「そういう問題じゃないって、どういう問題？」

「今のところ、症状が出ないように、だましだましやってるっていうか……」

「どういう意味？　最近もなったの？」

「最近というか、去年。一緒に店をやってる親せきの母親が病気になって、一人で店のことやらなくちゃいけなくなって、連載原稿もあったしで、むちゃくちゃ大変で。頑張ったんだけど無理しすぎて、一カ月ぐらい、仕事休んだ、かな。でも、今は全然元気だから」

「ふーん」

そのとき、三メートルほど先にいる若い女二人組がキャーッと叫んだ。トンビが食べ物をさらったらしい。春来は鞠子に笑いかけたが、鞠子はくすりともせず、「わたし、いかなくちゃ」と言った。

「マジでこの動画はやばい。すごいの見つけた。マジで百回は抜ける。LINEで送っといたから、ぜひ見て。マジ見て。頼むから見て」

スキンヘッドの頭部まで赤くした勝男は、ろれつの回らない口調でそう言い、大ジョッキのビールをあおった。その隣で、定食おかのの二代目店主雄介《ゆうすけ》は、テーブルにつっぷして寝息をたてている。

今日も花丸クリーニングのおかみさんは、店にガリガリ君を買いにやってきた。いつになく暗い顔つきで「もう勝男のことはあきらめた。代わりに香織のこと、どうにかしてよ。誰かいい人紹介してくれない？　お金あげるから」と言っていた。勝男の妹の香織は、春来より一学年上の四十二歳。去年、仕事をやめて実家に戻ってきて以来、ずっと引きこもっているという話だった。もちろん未婚。

そのとき、雄介がむくっと体を起こした。ほっぺたにぐちゃぐちゃになったトマトが張りついている。

「俺、明日デートなんだよね」

やおらそう言った。勝男が「え？」と野太い声で叫んだあと、「誰と？」と聞いた。

「なんか、ソシャゲで知り合った子。女子大生、えへへ。ステーキ食べにいきたいっていうから、食べにいく。だからもう帰らなきゃ」

「いやいや、それ、美人局かなんかだって。やめとけって」

そう言ってシャツの袖をつかむ勝男をふりきって、財布から二千円を出すと、雄介はふらふらと店を出ていった。

「あーあ。あいつ、前もネットで知り合った女に金だまし取られたのに」

「俺も帰る」

春来も財布から二千円出した。会計は三人で一万は超えているはずだが、内訳はほとんど勝男のビール代だからいいだろう。

店を出て、一人とぼとぼと歩いていく。深夜一時を過ぎた駅前には、人気《ひとけ》がなかった。終電も終バスも時間をとっくにすぎている。静まり返ったバスロータリーにぼんやり立ち尽くしたまま、スマホを出してＬＩＮＥを開いた。

ごめんなさい。わたし、結婚して旦那さんが病気になって家で寝てるとか、ちょっと考えたくないなって思っちゃった。

このメッセージ以降、何を送っても既読がつかない。

三メートルほど先に自分の店がある。明かりは当然ともっていて、ここからでもレジカウンター前でナビが眉毛をこすっているのが見える。何か用事があるふりをして、ちょっと寄ってみようか。そろそろナーのシフトが終わる頃——

ナーが出てきた。

やはりシフトは終わったのか、制服ではなくあの白いワンピースを着ている。周囲をきょろきょろ確かめたあと、誰もいない公衆喫煙所で煙草を吸いはじめた。ナーが喫煙するとはしらず、春来は虚をつかれた。が、もしかして、と気づいて思わず口に手を当てる。俺にしられたら嫌われると思ってるんじゃないか？　だから俺がいるときだけ、吸わないのか？

ナーは周囲をうかがいながらせわしなく煙草を吸っている。次の瞬間には、春来は駆け出していた。

「やあ、お疲れ」

春来に気づいたナーは、はっきりと表情を硬直させ、慌てて煙草を地面に捨てようとした。春来は「大丈夫大丈夫！」と手を前に出してそれを止めた。

「別に、吸ってくれてもかまわないんだよ」

ナーはバツが悪そうにはにかんだ。それから黙りこくった。二人でいるときはいつも積極的に話しかけてくれるのに、なんだか普段と様子が違う。煙草のことなんてそんなに気にしなくていいのにと思いつつ、かといって自分のほうも、声をかけておいて何も話題が思いつかなかった。酔っぱらっているせいもあって、うまく頭が回らない。

「あー、えっと……そういえば、この間、俺の本にサイン書いてって……」

ようやく春来がそう話しはじめたとき、店の自動ドアがビーンと開き、中から煙草を手にした深夜バイトの大学生香坂《こうさか》が出てきた。

香坂はナーと春来を交互に見て、最後にナーをじっと見つめた。そのたった数秒の二人のアイコンタクトだけで、春来は気づいた、気づいてしまった。

こいつら、付き合ってるんだなあ。

「おお、お疲れお疲れ。はは、邪魔してごめんな。若い二人で楽しんでよ。まあね、香坂ってアレだもんな。イケメンだもんな。脚も長いし、髪もふさふさだし。慶應だっけ？　青学？　やあやあ、いいね、バイト仲間同士って。うらやましいよ、俺は君たちの青春が。俺には過ぎ去ってしまった時間だから。かといってね、俺なんてろくな青春過ごしてないけどね。二十三まで童貞だったし。ハハッ、いやいやごめん、酔っぱらっちゃって、なーに言ってるんだろ、俺。帰る、帰るね。あとナーちゃん、煙草はいつでも吸っていいからね」

二人に背を向けることができず、春来はしばらく彼らのほうを向いたまま、後ろ歩きした。背を向けた瞬間、二人が顔を見合わせて笑い合う姿が想像できたからだ。

「店長！　危ないです！」

香坂が叫んだ。気づいたら赤信号の横断歩道の真ん中まできてしまっていた。幸い、車は一台もなく、片側二車線の県道には哀れな酔っぱらいだけが、ただ一人。

「ハハハハ、ハハハハ、じゃあ、じゃあね」

二人に手を振り、ようやく背を向けた。ここからまっすぐ歩いて三分で、たった一人で暮らすアパートにたどり着ける。その道が、明かりもない真っ暗な洞窟のように思える。女に認めてもらえない限り、男は孤独と不幸を甘んじて受け入れなければいけないのだろうか。俺はこのままひとりぼっちで、いつかおかしくなってしまうんだろうか。

2017年　夏　史上最年少プロ棋士

二つ目の窓に二本の線が、浮かぶ予定ではなかった。なのに、ある。くっきり二本。それを見つめながら、衛藤《えとう》夏枝は他人事みたいにふふっと笑った。それから口の動きだけで「わたし、もう四十二よ？」と言った。

セラゼッタを飲むのをやめたのは五月。宏昌《ひろまさ》が「もう歳だし、いらないんじゃない？」と言ったからだ。そもそも夫婦生活自体は結婚二年目から徐々に減っていて、ここ数年はPMS対策のためだけに服用しているようなものだった。セラゼッタは自分の体に合っていた。不正出血もほとんどないまま、服用二カ月目には生理がぴったりとまった。生理前の気分の落ち込みと異常な食欲に長年悩まされてきたが、それが一切なくななり、生活が格段に楽になった。

「月三千円って言ってたよね？　もう無駄じゃない？　もったいないからやめよう」

宏昌の〝もったいない〟が発動したら、いかなる理由があろうと逆らえない。

便器に座ったまま考える。五月のはじめに最後のシートを飲み終えて、六月の終わりに短い生理があった。そして七月。数カ月ぶりに宏昌と性交した。夜、寝ていたら急におおいかぶさってきた。年に数回、そういうことがある。理由はよくわからない。自分の支配力を、定期的に確認したくなるのかもしれない。

そして今日、八月一日。

隣の個室から、ジャーッと水の流れる音がした。夏枝はまた口の動きだけで「四十二よ?」と言った。

こんなことってある?

しかも、ついこの間まで、ピル飲んでたのに?

この短期間にした、たった一回が命中?

まさか自分が妊娠するなんて。ようやく腰をあげてトイレを出たあとも、全く実感がわかなかった。自覚症状は一切ない。胸が張るとか、やたら眠いとか、めまいがするとか、何ひとつない。もちろんつわりもない。パート先の自分の席に戻ると、スマホでこっそり「妊娠検査薬　陽性　間違い」と検索してみた。それでわかったのは、検査するタイミングを誤らない限り、昨今の検査薬の正確性は、99%だということだった。

妊娠したことだけでも相当に驚いたが、その夜、さらなる衝撃が夏枝を襲った。仕事から帰ってきた宏昌に妊娠を告げると、夫はいきなり目の前で土下座したのだ。

「この通りです!　おろしてください!」

最近広くなってきた額を、夫はぴったりと床におしつけた。夏枝が何も言わずにいると、わずかに顔をあげてこちらの反応を確かめた。額に赤い跡がついている。その表情は、なぜか薄く笑っているように見えた。

出会って七年、結婚して五年。宏昌が素直に非を認めたことは、夏枝が覚えている限り、三度しかない。その三度とも交際していた頃の話だ。結婚して以降、たとえばコップを割ろうが居眠り運転で自損事故を起こそうが、言い訳を十個でも百個でも並べ立てはしても、決して「ごめんなさい」を言わない。妹の由美《ゆみ》が「おたくのご主人、謝ったら死ぬ病気にかかっているんじゃない？」と冗談で言ったことがあるが、本当にそうなんじゃないかと夏枝はときどき真剣に思う。

「ピルのことは俺が悪かったよ」別に許したわけじゃないのに、勝手に体を起こして正座の姿勢になると、宏昌は言った。「でも君、もう四十二でしょ？　まさか妊娠するなんて、自分でも思ってなかったでしょ」

「婦人科の先生に、四十五まで飲み続けるべきだって言われたってわたし言ったじゃん。それにミレーナのことだって相談したのに、そんなのしなくていいって言ったのは自分だよ」

「だからごめんって。今回は本当にごめん。おろして。今回だけはお願いします」

「そんな簡単におろしてなんて言って。わたしの体の負担のことも考えてるの？」

むかっとして強い口調でそう言うと、宏昌は「いやいや！」と言いながら、脚にしがみついてきた。

「四十二で産むほうがむしろ危険だって。それにね、君、お腹の中から子供をかきだすんだって思ってるでしょ？　今はね、そんなことはしないんだ。今はもっと簡単で、負担の軽い方法でやってくれるところあるから。時間にしてほんの数分。麻酔入れたらすぐ寝て、起きたら全部終わってる。もちろん入院なんて必要ない。吸引法っていうんだよ。ネットで調べてごらん」

吸引という言葉にぞっとして、夏枝は唇をかんだ。それを察したのか、宏昌はまた額を床におしつけた。

「お願いします！　この通り！　一生のお願い！　金ももちろん俺が出します！」

夏枝は我が夫の頭頂部をぼんやりと見た。額だけでなく、てっぺんも少しずつハゲてきていることを、今、はじめてしった。結婚してから、一度だって謝ったことのなかった人が、こうして間抜けなハゲをさらしてまで自分に頭を下げている。せっかく授かった子供を殺してほしくて。何にもなかったことにしてほしくて。それほどまでに嫌だということだ、妊娠が。

そこまでとは、思わなかったなあ。

だんだんすべてがどうでもいいような気分になってきた。宏昌をそのままにしてその場を離れ、スマホだけ手にして家を出た。

外は風が吹いていて、日中ほどは蒸し暑くなかった。とくに目的地もなく、あてどなく夜の住宅街をさまよい歩く。むしゃくしゃしたときは散歩に限る。春来とばったり出くわしたあの晩も、宏昌に新しい服を買ったことを延々となじられ、たまらず家を飛び出し、あのコンビニ周辺をぐるぐる歩き回っていたのだ。まさかその中に高校時代の元カレがいるなんて、思いもしなかった。

三十分ほどで、その春来のコンビニまでやってきた。外からのぞいた限り、彼の姿はないようだった。駅前のほうの店にいるのかもしれない。少し話をできたらいいなと思っていたのだが、仕方がない。店内に入り、ペットボトルのお茶を買った。綾鷹派なのに、なぜかお～いお茶を買ってしまった。

それから昔、春来とよく二人で散歩した公園にいった。

その公園は、2キロのジョギングコースのほかにソフトボールのグラウンドやテニスコートも備え、土日の日中ともなると周辺の住人が大挙して押し寄せている。あたたかい季節は夜中でもわりと騒がしいところが、夏枝は好きだった。走る人、歩く人、自転車に乗る人が闇の中でうごめいている。今日は子連れの家族もちらほらいて、さすがにこんな遅くまで子供が出歩くのはどうなのかと思ったが、彼らが懐中電灯を片手に、ジョギングコースを離れて藪の中に入っていくのを見て、納得した。カブトムシかクワガ夕をとりにきたのだ。あるいは餌をしかけるのか。

中央の広場までくると、いよいよにぎやかになる。スケボー集団、管楽器を練習する学生たち、アニメソングを絶唱する男。明かりはぽつんぽつんとあるだけなので、誰の姿もおぼろげだった。太陽の出なくなった昼みたい、といつも思う。空いているベンチに腰掛けた。お茶を一口飲んで一息ついたあと、スマホでかかりつけの婦人科のウェブサイトを開いた。中絶手術のページを開くと、宏昌が言っていたことと同じようなことが書いてあった——吸引法。子宮内膜を傷つけない。麻酔で眠っている間に手術を終える。来院から帰宅までの時間は、およそ三時間。翌日も普段通りの仕事ができる。

予約ページに飛び、明日の予約をとった。登録がすべて済んだところで、いつもの癖で診察内容を「避妊ピル処方」にしてしまったことに気づいた。一旦キャンセルして、「人工妊娠中絶の診察」か「婦人科診察」で悩んで、「婦人科診察」で登録し直した。


翌日、病院へいくと、受付で渡された問診票の

妊娠診察（分娩・中絶・未定）

のところで、ボールペンを持つ手が止まった。しばらく考えてから、「未定」に丸を

した。けれどすぐに上からバツ印を書き、「中絶」に丸をつけ直した。

予約時間より五十分も遅れて名前を呼ばれた。いつもピル処方だけで医師の診察を受けることはほとんどなく、その女医もはじめて見る顔だった。女医は内診の前に、セラゼッタの服用をなぜやめたのか、夏枝に聞いた。当然の質問だと思いながら、「夫がもういらないだろうと言ったので」とありのまま答えた。女医は手に持ったボールペンをくるくる回すだけで、それ以上、何も言わなかった。

そして内診台に乗り、股をひろげ、つめたい異物が入ってくる。女医はすぐに言った。

「うん、そうですね、妊娠されてますね。五週と六週の間ぐらいかな」

思わず、ぎゅっと瞼を閉じた。何かの間違いだったらいいのに、という願いは潰えたのだ。

それから女医は「中絶ということでよろしいですね」と再確認し、夏枝が「はい」と答えると、あとは手術へ向けて一直線に進んだ。あっという間に様々な手続きや検査が済んで、気づいたら明日の手術が決定していた。ちょうど別の手術のキャンセルが入ったばかりなのだという。

なんだかすべてが夢の中のできごとのように、現実感がなかった。病院の外に出るとむっと熱い風が顔に当たり、今は真夏なのだということを、子供時代の記憶みたいに懐かしく思い出す。この世の終わりを嘆くかのように、アブラゼミが鳴きわめいている。

通りに出ると、若い妊婦がえっちらおっちら歩いていた。それをぼんやり眺めながら、いつもと同じように過ごそう、そう思う。バスに乗って、一つ手前の停留所で降り、普段あまりいけない安売りスーパーで食材を買い込んだ。帰宅すると洗濯物をしまい、掃除機をかけた。二人で住んでいるのに4LDKと広く、家事にやたら手間がかかる。それでも宏昌は、ロボット掃除機も乾燥機も食洗器も使うことを許さない。

夕方までスマホで数独をやりながら過ごした。それから冷やし中華を作って一人で食べた。宏昌は午後十時を過ぎても帰ってこなかった。宿直なのか、あるいは別のことをしているのかわからない。宏昌に、同意書の記入と捺印は頼まないつもりでいたので、どうでもよかった。

〇時前にはベッドに入った。眠れなかった。

二時過ぎ、パジャマからTシャツとジーパンに着替えて外に出た。コンビニに、今夜も春来はいなかった。公園ももうさすがに人気がない。昨日と同じベンチに座って、少し離れたところにあるバスケットゴールで、闇の中、ひとり延々と3Pシュートの練習をしている少年を見守る。

別に、と思う。

わたしのわがままで赤ちゃんごめんね、なんてセンチメンタルな感傷にひたってもいないし、せっかく授かった命を無駄にして罰当たりだ、と罪悪感にさいなまれているわけでもない。今、自分の中にあるのはただの受精卵。手や足やましてや人格があるわけでもない。セラゼッタを飲んで毎月の排卵を無効にしていたことと、そうたいして違いはない。ただ金銭的、身体的に多少の負担があるだけ。

子供は別に、ほしくも、ほしくなくもなかった。それがいつわりのない本心だ。

他人より豊かな暮らしを手に入れる。それが結婚の第一目的だったから。結婚相談所に登録したのは三十歳のときだ。それまで付き合っていた弁護士の恋人に婚約を破棄されて、すぐだった。落ち込んでいる暇があるなら行動すべきだと思った。その後は文字通り、死にものぐるいで結婚相手を探した。可能な限りいい条件、いい結婚を求めて。最終的に相談所は計四社もはしごした。三十五歳で泌尿器科医の宏昌と知り合い、二度目に会ったときに真剣交際を申し込まれた。

初対面の見合いの席で、宏昌は理想の結婚生活について、こう語っていた。

「居心地のいい広い部屋に住んで、ときには夫婦二人でおしゃれして食事に出かけて、年に一度か二度は海外旅行をしたいな。いつかは避暑地に別荘も買いたい。とにかく、所帯じみたくないんだよね。二人でキラキラした生活を送りたいっていうか。だから正直、子供は、あんまりほしいと思わない」

キラキラした生活、という表現はちょっとバカみたいだと内心思ったが、本当にそういう生活を送るつもりなら、子供を持つのは難しいだろうと夏枝も思った。そして、本当にそういう生活を送れるのなら、自分も子供は持たなくていいと夏枝は答えた。結婚後、ピルを服用することにもすんなり同意した。

最初の住まいは、宏昌が当時勤務していた病院があった小岩の、家賃二十五万の3LDK。宏昌が家事を任せたいというので、フルタイムの仕事をやめた。しかし専業主婦は寄生虫だのなんだのとうるさいので、週三日の経理事務のパートをはじめた。宏昌は手料理をあまり好まず、二人でしょっちゅう外食していた。宏昌に合わせてゴルフをはじめ、休みの日は早起きして二人でラウンドにいくのが楽しみだった。

お金をためて、タワーマンションの高層階を買う、というのが二人の目標になった。

「こんなに遊んでばかりじゃお金たまらないよ」と夏枝が言うと「そうだよな」と宏昌はのんきに笑った。この頃、夏枝は友達の前でも「お金がたまらなくて家が買えないの」とよく嘆いていた。「でも、入ってくるお金も多いんでしょ？　マンションなんていつでも買えるじゃない」なんて言葉が返ってくるのを期待して。実際にそうだった。宏昌は非常勤のバイトもしているので、年収は優に二千万を超える。少しぐらい無駄遣いしたって、タワーマンションに住むぐらい、余裕よ余裕。心の中で高笑いしていた。

しかしそんな〝キラキラ〟は、結婚二年目、宏昌に一千万近くの借金があることが発覚すると同時に、雲散霧消した。

原因は、闇カジノ。大学生の頃にハマって一時は借金も五百万を超えたが、結婚相談所入会時に両親に肩代わりしてもらったという。しかし結婚して三カ月目には、歌舞伎町通いを再開していたのだ。理由は本人いわく、

「結婚によって自由を失ったストレス」

宏昌は居直って「君が嫌なら離婚してもいい」と言い放った。戸惑う夏枝の心をみすかしたように。

「その歳でやり直しができるんなら、離婚もいいんじゃない？　でも君、結婚相手探すのに、随分苦労したんでしょ。なにせ親があれだもんね。俺ぐらいだよ、君の家族を受け入れられるのは」

くやしいが夫の言葉は真実だった。かつて弁護士の恋人に婚約破棄されたときも、理由は夏枝の家族のことだった。見合いで誰かと出会って交際までたどり着いても、家族のことをしられた途端、距離を置かれた。

――この人に借金があったところで。

自分に言い聞かせた。

――生活が変わるわけではない。

なにせ入ってくる金も多いのだから。結局、離婚はしなかった。そして、生活も変わらなかった。これまでと同じように週末は二人でゴルフに出かけ、年に一度は海外旅行にいった。タワーマンションの話もよくしたし、何度か内覧にもいった。しかし、〝キ

ラキラ〟はひとかけらの光も残さず、消えた。宏昌は散財する一方で、夏枝個人の支出を監視し、気に入らない無駄遣いを見つけると延々となじるようになった。夜になじりはじめ、翌日の朝食の席でも言っていることもしばしばある。はじめは反発したし、宏昌の無駄遣いを指摘しかえしたりもしたが、そのたびに離婚を切り出された。

「その歳で離婚して、やっていけるの？　再婚なんて絶対無理だよ。俺はすぐに相手が見つかるからいいけどさあ」

そう言うときの、宏昌のニキビ跡でぼこぼこの頬のゆがみ。なじられたあとはいつも、昔のことが延々と頭の中をぐるぐるまわってとまらなかった。十四歳まで住んだ借家の、ぼっとん便所。その暗い穴。覚せい剤で何度も逮捕されて最後は寝たきりになった父の後頭部。昼も夜も働いていた母の緑色の爪。シンナーを吸っておかしくなってビルから落ちて死んだ兄のうつろな目。妹のほっぺたにいつもあった涙のすじ。

同じ環境で育った妹は「わたしは人並みの家庭を持てればそれでいい」と言って、十九歳のときにバイト先のスーパーの店員と結婚した。今も子供は持たず、ネコ三匹とともに古いアパートでつつましく暮らしている。

自分はそれでは満足できない。人より豊かになりたかった。人並みではだめなのだ。人より広い家に、人よりいい食事、人よりいい服を着て、人よりいいクラスの座席に座って旅行をしたい。そのために必死に勉強して大学に行った。けれど自力でどうにかするには限界があるし、孤独でかわいそうな女ではいたくなかった。上の階層の人と家庭を作って、人生を別の色で塗り替えなければならなかった。

気づくと、3Pシューターの姿が消えている。

誰の足音も、誰の息遣いももう聞こえない。風もない。たわむれに右足を少し動かすと、靴の底がじゃりっと土をこする音が、真昼間に上空を過ぎる飛行機の音みたいに、耳の奥にとどろいた。

もし、明日、というか日付が変わってすでに今日、手術をしなかったら。

キャンセル料は手術代金100%だと説明された。そんなことはどうでもいい。このまま黙って妊娠を続けたら、どうなるか。宏昌は離婚する気だろうか。しなかったとして、二人で子供を育てるなんて、可能だろうか。とてもそうは思えない。離婚するにしろしないにしろ、一人でやっていくしかない。金銭的にどこまで援助をもらえるかもわからない。頼れる実家もない。一人で働きながらどこまでできるのか想像もできない。もう何年もパートしかしていないのに、就職先はあるだろうか。あったとしてどんな生活なのか。ぼっとん便所とまではいかないだろうけれど、今よりずっとずっと古くて狭い家に住まなければならないかもしれない。妹が住んでいるような、夏はかならず虫がわく家かもしれない。

子供が特別ほしかったわけじゃない。でも、ほしくなかったわけでもない。

空がしらじらと明るくなる。一人、また一人と公園にやってくる。夏枝はようやく立ち上がり、寒々しくて暗い、だがとても広い家に向かって歩き出す。

同意書には自分で宏昌の名前を書き、宏昌の印鑑を持ち出して捺印した。病院の担当者はとくに疑う様子もなく受け取った。

手術室は、手術室というより、どこかの会社のちょっと広い給湯室みたいだった。部屋の角に流し台があって、洗剤やスポンジが並び、下の棚の取っ手にはふきんがかけられている。衛生問題は大丈夫なんだろうかという不安が心をよぎるが、すでに内診台にのせられ、下半身裸で股をひらいている状態ではもうどうしようもない。看護師が「リラックスする薬をまず入れますね」と言った。彼女は外国人らしく、ときどき何を言っているのかわからなかった。手術をおこなうのはこのクリニックの院長だと聞いていたが、まだ姿を現してはいなかった。「今度は眠れる薬を入れますね」と看護師がそばでささやいたとき、ああそうか、院長は一切姿を見せずにすべてが終わるんだ、と夏枝は気づいた。

一週間後、術後検診で「経過は順調ですね。もう何をやってもいいですよ」と言われた日の夜、宏昌は帰宅するなり、夏枝の前でパンフレットを広げた。

「ここ、買おう！」

それは隣県に建設中のタワーマンションのパンフレットだった。

引き渡し予定日は来年の五月。販売開始は今年の九月。価格は４４６０万円〜７３３０万円（予定）。地上30階。充実の共用施設。スカイラウンジやワークラウンジを用意。多様な暮らし。上質な雰囲気。洗練されたタワーデザイン。文字が目の上をつるつる滑った。

「港区か中央区のタワマンがいいんじゃないの？　ここ、都内ですらないけど」

夏枝が言うと、宏昌はくん、と犬みたいに鼻をならした。機嫌をそこねたときに出る、わかりやすすぎるサイン。

「あんなの、人の住むところじゃないよ。埋立地で地震でもおこって液状化したら、住むことも売ることもできなくなっちまう。土地代だけのぼったくり物件ばっかりだしさ。都内から出るけど、ここからはそう遠くもないから、君にとってもいいでしょ。俺の職場にも近い。チャリで二十五分でいける」

二十五分じゃ絶対に無理だ。最低でも四十分はかかる。そう思ったが、夏枝は何も言わなかった。

「最上階の部屋でも七千万だよ？　かなりお買い得だよ。これが港区か中央区なら二億はくだらないからね。今度モデルルーム見にいこう」

「ここしばらく家買う話はしてなかったのに、なんでそんなに急ぐの」

「話さなかっただけで、ずっと考えてたよ」

宏昌はすねたように口をとがらせる。本当は、夏枝はわかっていた。大学時代の同期の古田《ふるた》が、去年ようやく結婚して、最近、青山のタワーマンションに引っ越した。来月、夫婦ともにホームパーティに呼ばれている。宏昌は同期の中でも古田に対しては並々ならぬ対抗心を燃やしていた。そのホームパーティで、我が家はついにタワマンを買うことにした、と言いたいのだ。

「古田みたいにさ、賃貸でタワマン住むなんてみっともないまねはしたくないよな。あいつ、家賃に毎月七十万も払ってるんだぜ？　自分のものになるわけでもないのにさ。マジで金をどぶに捨ててるよ。愚の骨頂だよ、マジで本当」

古田家の家賃の額を、ここ二カ月で何度聞いたかわからない。これだけたくさん聞けば、百歳になっても覚えているかもしれない。

古田の住む青山のタワマンの家賃は七十万。

何も言わない夏枝の顔をちらっと見て、ふいに宏昌は不安げな表情になる。ときどき夫はそんなふうに、捨てられた幼児みたいな顔つきをすることがある。

「あの、だからさ、この家を買うためにも、子供はあきらめたほうがいいんじゃない？」

「えっ」

「子育てに金かかるし、今みたいな生活は送れなくなるし、だから手術……」

「もうとっくにしたよ」

宏昌は目をぱちくりまたたいた。そのまま今度は宏昌のほうが黙り込んだ。夏枝はダイニングテーブルの上のパンフレットを手元に引き寄せて、「いつ見学にいくの？」とたずねた。返事がないので、「ねえいついくの」ともう一度聞いた。宏昌は目を泳がせて「えっと、仕事もあるし、また連絡します」と支離滅裂なことを言った。

その晩、先にベッドに入って寝ていたが、腹の周辺にうざったい気配がして目が覚めた。と同時にびっくりして、心臓がとまりそうになった。宏昌が自分の腹にしがみついて、泣いていた。

「俺のせいで……俺のせいで……赤ちゃん、ごめんなさい」

手がその頰に触れた。べっとりと液体がついた。鼻水なのか涙なのかわからないが、どちらにしろ不愉快極まりなく、夏枝は思わず「うわ」と声を漏らしながら、宏昌のパジャマの裾で手をぬぐった。それに気づかずいつまでも泣いている夫の薄らハゲを見ながら、腹の底であついかたまりができあがっていくのを感じる。少しして、理解する。それは殺意だと。

スマホが鳴った。春来からのLINE電話だ。玄関にかがみこんで靴を履いている宏昌が振り返ってにらみつけてきたが、かまわず電話に出た。

「もしー！　夏っちゃん、今日何してる？」

「うーん、これから出かけるんだけど、どうしたの？」

「いや、冬さんがひさびさにこっちに戻ってくるっていうから、飯でもいこうってなって。急で悪いんだけど、夏っちゃんもどう？」

冬さんこと垣外中《かいとなか》真冬《まふゆ》は春来の店のパート店員で、去年の夏頃に春来から紹介されて以来、ときどき三人で集まって飲むようになった。真冬は母子家庭育ちで、ここ数年は認知症をわずらっている母親の介護に追われている。二週間前、その母親が大腿骨を骨折してしまったらしく、あずけている施設の近くのホテルに泊まり込んでいた。世話自体は当然施設側に任せればいいのだが、真冬がこないと泣きわめいて手が付けられないのだという。

「うーん。今日は夫の友達の家に呼ばれてて、ごめん」

「そうかそうか、いや、いつでも集まれるからさ」

宏昌はまだ靴ひもを結んでいる。そうして会話を盗み聞きしているのだ。だから夏枝はわざと話を引き延ばした。いつまでもぐずぐずやっている宏昌のわきでパンプスを履く間も、二人並んで駐車場にむかって歩く間も、「そういえば、冬さんの元カレの話って聞いたことある？　今大阪でゲイバーやってるんだって！」などと、今する必要があるわけでもない話を延々し続けた。そのうち宏昌がキレて殴りかかってきたらいいのにと思っていたが、そうはならず、やがて春来が気まずそうに「俺、ちょっと、やることあるから……」と言って、電話は終わってしまった。

「いつもの、高校の同級生？」

愛車のメルセデスのドアをあけながら、宏昌が聞いた。

「そうだけど」

「俺、昔の友達と会って酒飲んだりすることほど、金の無駄遣いってないと思うね。思い出話をして馬鹿笑いするだけだろ？　何の生産性もないよ」

今からあなたの昔の友達に会いにいくんですけど。その言葉を飲み込んで、夏枝は「そうですね、その通りだと思います」と言った。

宏昌は少し驚いた顔で妻を見た。夏枝は気づかぬふりをして、助手席に乗り込んだ。

古田の住まいは、こんな住まいだろうなあと想像したそのまんまの、絵に描いたような住まいだった。

最上階の二十三階。ガラス張りのリビングから望む灰色の東京。高価な家具と、白い床。奇妙な造形のシャンデリア。何もかもどうでもいい、何もかもクソだ、夏枝は心の中でぶつくさ言いながら、シャンパンを一気に飲みほした。

たくさんのルリタマアザミがかざられたリビングには夫たちが集まり、連勝記録をつくったらしい若い棋士の話でやいのやいのと盛り上がっていた。ヒマワリにいろどられたダイニングテーブルには妻たちがそろい、不妊治療の話に熱をあげていた。夫婦二人分の所得が730万を優に超えるので助成金が受けられないだの、再来月にハワイにいきたいから今のうちに採卵したいだの、姑から夫婦生活を根ほり葉ほり聞かれて死ぬほどウザイだの。そういったどうでもいい話を右から左に聞き流しながら、夏枝は日が暮れて輝きだした東京をずっと、ずーっと見つめていた。

夏枝が生まれ育ったぼろの借家は、東京の東側の海抜0メートル地帯に建っていた。すぐそばに川があって、夏どころか年中虫がわく。二階の小さな窓から外をのぞくと、いつも誰かが道で立小便をしていた。ここが東京の頂上付近なら、あそこは底の底だった。何せ下には、もう海しかない。

「夏枝ちゃんは、本当に子供つくらないの？」

古田の妻の美咲《みさき》が聞いた。着ているミュウミュウのワンピースはなんとかというハリウッド女優とおそろいだそうだ。麻布生まれ麻布育ち。職業、麻酔科医。

「うん、多分」

「わたしもね、別にどうしてもほしいってわけじゃないんだけど、なんだか、やっぱり母親にならないと、女としての義務を果たしてないような気になっちゃって、将来後悔しないかなって不安になるんだよね。夏枝ちゃんはそういうのない？」

お前、その話するの何億回目だよ、という悪態をぐっと飲みこむ。彼女は四十歳。結婚前のブライダルチェックで、「自然妊娠はほぼ不可能」と言われたらしい。

そのとき、心にぽつんと穴が開いた感覚がする。そこからよどんだ液が漏れてくる。わたしはたった一回で自然妊娠できたけどね。その話をしたら、この女はどんな顔をするんだろう。

「わたしは今の生活で十分だから」

夏枝がそう答えると、「そうよねえ、わかる」と唯一の子持ちである明子《あきこ》が言った。明子は元客室乗務員で、不妊治療に専念するために退職し、産後も専業主婦を続けている。夫の和成《かずなり》は美容クリニックの開業医。今晩、子供は専属のシッターにあずけてきたそうだ。腕にも首にも頭にも胸元にもエルメス。

「今思うと、子供もいなくて二人でいたときが、一番楽しくて夫婦仲もよかったわ。家事は基本外注で、週末は好きなように遊んで、好きなものもなんでも買って。子供って一人でも、本当に手間とお金がかかるのよ。この間も娘のバレエの発表会の衣装をしつらえるために銀座中を歩き回って、もうくたくたよ。やっぱり今の時代、ＤＩＮＫｓが最強。しかも夏枝ちゃんは週三のパートで許してもらってるんでしょ？　夏枝ちゃんみたいな暮らし方したい人、いっぱいいると思うわ」

「そうそう」と夏枝の隣に座っている久美子がひじをつき、リビングにいる男たちのほうを見やった。

「うちの旦那なんて、子供ができたら俺が育休取るからあんた働いてとか言ってくる。わたし、もうすでにこんなにがむしゃらに働いて、旦那以上に稼いでるのに、これ以上何を頑張れっていうの？」

久美子はITベンチャーの社長で、宏昌いわく、年収は勤務医の三倍らしい。夫より年上の四十七歳と、この中でも最年長だが、若いときに凍結した卵子が残り一個となっていて、来月、最後の体外受精に挑戦するという。なぜかテーブルの上にずっとポルシェのキーをおいている。

「ほーんと、夏枝ちゃんていい人生よ、うらやましい」

「ほんとそう、ほんとにほんとに」とミュウミュウ。「だって週三のパートで、料理もそんなにしなくてよくて、週末はゴルフにつれていってもらえるんでしょ？　それでタワーマンションの最上階を買ってもらえるの？　埼玉のどこだっけ？　わたし埼玉県のことってよくわからないけど、住むにはちょうどいいところよね。子育てするにしても、そのぐらいの田舎が一番いいと思う。わたしなんてさあ、夫婦二人で必死こいて働いて、こんな都会の真ん中に住んで、なんだかバカみたいって思うときがある」

「わかる」と今度はポルシェだ。「上を見るときりがないのに、見ちゃうよねえ。でもわたしの性格上、どうしても、もっともっとってなっちゃうのよ。がんばらなきゃ人生じゃない、みたいなさ。週末はイオンのフードコートで昼ご飯、みたいな家族とか見ると、なんていうか、身の丈をしっててえらいなあって本当に思う。夏枝ちゃんはそのタイプよね」

「あー、夏枝ちゃん、フードコート好きそう！」

エルメスが夏枝を指さして、満面の笑みで言った。

「何々？　うちのワイフがなんだって？」

そのとき、宏昌が嬉々とした顔で会話に割り込んできた。自分の話をされていることに気づいて寄ってきたのだ。

「夏枝ちゃんは幸せよねって話」とミュウミュウ。「ねえ、宏昌さんは、本当に子供いらないの」

宏昌はダイニングテーブルに両手をつき、酒臭い息を吐きだしながら「子供ね……」と言った。

「なかなかできなくて。俺のほうに問題はないんだけど」

「えっ」とエルメスが声をあげた。「検査したの？」

「うん、まあね」そう言って、自分の妻を意味深に見やる。「だから、俺のほうに問題はないんだよ、ないんだけど……」

三人の妻たちの笑顔が固まる。目尻のしわがほんのわずかに濃くなる。唇は閉じられているが、その表面のしわの一本一本から声が漏れ聞こえてくる。なんだ、あんたも不妊なんじゃん。本当は子供、ほしいんじゃん。

次の瞬間、夏枝はほとんど無意識で立ち上がっていた。そしてとっさにテーブルの真ん中にあるヒマワリがたっぷりいけられたガラスの花瓶をつかんだ。ミュウミュウがさっきわざわざ教えてくれた。ディオール製で、義母から引っ越し祝いにもらったのだそうだ。

殺してやると思った。この花瓶で殺してやると思った。ふいに空気がぬるくなる。夢の中でもがいているみたいに、時間がのろのろと遅くなる。宏昌のゆがんだ顔が写真みたいに止まる。そのとき「誰が悪いの？」という声が心の中で響く。誰が悪いのか？わたしを見下してバカにしていつも腹の中で笑っているこの女たちか？　それともわたしの弱みを握ったつもりになってやりたい放題やっているこの男か？　違う。違うことをわたしはしっている、と思った。すべて自分のせいだ。結婚で人生を取り戻そうとした自分のせいだ。年収二千万の医師と結婚することで、その結婚生活を維持することで、海抜ゼロメートルの場所ではいつくばって生きていた過去を帳消しにしようとしていた自分のせいだ。

再び時間が動き出す。夏枝は花瓶を頭上に持ち上げ、そのままくるっとひっくり返した。

花瓶の水は思いのほか冷たく、そして思いのほか生臭かった。ヒマワリがぼたぼたっと自分の体をたたきながら床に落ちる。そのまま花瓶で自分の頭を殴りつけようとして、思いとどまった。ゆっくり花瓶をテーブルに置き、自分の頰を右手で平手打ちした。今度は左手。また右手。何度も何度も何度も繰り返す。悪いのはわたしだ。自分の足だけで立って、自分の足だけで歩いていこうとしなかった自分が、子供を殺したのだ。

ちぎれるかというほど宏昌に強く腕を引っ張られ、古田の家を出た。「お前、何考えてるんだ」と怒鳴る夫を無視して、さっきから何度もLINEの着信音を鳴らしているスマホを見る。

春来と真冬とのグループLINEに、二人がカラオケで熱唱する動画が一曲ごとに送信されていた。最新の動画では、春来が歌舞伎町のホストみたいにタンバリンを華麗にたたきながら、GLAYの『口唇』を熱唱し、その横で真冬が大ジョッキを片手に「古いっ！ 選曲が古いっ！」とわめいていた。

思わずぷっと笑ってしまう。「何笑ってるんだ！」と宏昌がまた怒鳴ったので、夏枝は夫のニキビ跡でぼこぼこの頰を平手打ちしようとした。

が、ぎりぎりのところで止めた。手を出すなんて、フェアじゃないと思ったのだ。しかしすぐに、体にダメージを受けたのは自分だけであることを思い出し、やっぱり一発、平手打ちした。

カラオケボックスに合流したのは午後九時過ぎで、それから延長に延長を重ねて、気づいたら深夜〇時だった。

「もう喉ガラガラだよ。明日絶対に声出ない。店長のせいだよ」

店を出てすぐ、コンビニで買ったストロングゼロ500ミリ缶をあおりながら真冬が言った。会わない間に、また丸くなった気がする。身長は155センチほどで、体重はもしかすると百キロ近くあるかもしれない。「でも健康診断はA判定だもん」とよく言っているが、春来によればその健康診断も、十年近く前に受けたものらしい。

「これからどうする？」真冬が言った。「わたし、まだ帰りたくない」

「うーん、じゃあ、店探すか？」

いつも日付が変わると帰りたがる春来が、めずらしくそう言った。久しぶりに三人で集まったからか、それともカラオケボックスの部屋に入って来るなり泣き出した自分に気を遣ってくれているのか、夏枝にはわからなかった。

ちょうど真冬がCoCoの『はんぶん不思議』を振りつきで熱唱しているときだった

（選曲が古いとか、まったく人のことを言えない）。ミラーボールがくるくる回り続ける中、珍妙なカラオケ音をBGMに、つい最近、人工妊娠中絶手術を受けた話を夏枝は手短にした。二人は一切口をはさまず、ただ黙って話に耳を傾けてくれた。

「少し、散歩したいな」夏枝は言った。「なんだかまだむしゃくしゃするから」

「じゃあ、あの公園いく？」春来が聞く。「うちの店の近所のさ。昔、夜にいってアオカンしてるカップル……」

「あ！」と夏枝は声をあげた。二人が驚いて振り返る。

「なんだよ、大声出すなよ」

「そうじゃなくて、いきたいところがあるの。ちょっと遠いけどいい？」

それから、酔っぱらい三人でとぼとぼ歩いて、二十分程度でその場所についた。何週間か前に宏昌とモデルルームの見学をしたが、現場にきたのははじめてだった。

夜なので、何割ほどできあがっているのか、よくわからなかった。半分ぐらいだろうか。まだ三分の一程度だろうか。現場標識によろよろ近づいて読んでみたが、酔っているせいか全然文字が頭に入ってこない。

建設現場を囲うフェンスにもたれかかりながら、真冬が「このタワマン、できたらうちのアパートから見えるかな～」と言って、ストロングゼロをまたあおった。

「あ、うちからも見えるかも」少し離れた道路の真ん中に立ち、首をそらしてできかけの建物を見上げつつ、春来が言う。「だって地上三十階なんだろ？　相当高いよな。しかも最上階に住むんじゃなかったっけ？　もう買ったの？」

「うん、多分」と夏枝も春来の横に並び、同じように首をそらして見上げた。建物とクレーンが上にいくにしたがって、闇の中に溶け込んでいく。

「夫がやったからよくわからない。抽選？　とか言ってた気がするけど」

「へえ。夏っちゃんの部屋からは俺んちは見えないだろうなあ、小さすぎて」春来はへへっと笑った。「あ、でも富士山は見えそう。よかったね、タワマンに住みたいっていう高校生のときからの夢、かなったね」

「えっ」と驚いて夏枝は春来を見た。「なにそれ？　わたしそんなこと言った？」

「いやだって、昔よく言ってただろ。玉の輿に乗って、広くて景色のいい高層マンションに住みたいって。当時タワマンなんて言葉はなかったけどさ」

「そんなこと、言ってたっけ……」

ふいに脳裏に、小さな空が浮かぶ。ボロ家の二階の小さな窓から見えた、小さな小さな空。子供の頃、何を願っていたのだろう。もっと広い家に、もっと景色のいい場所に住みたい。そんなことを願っていたのだっけ。もうよくわからない。

そのとき、「やばいやばい！」と言いながら、真冬が近づいてきた。「あれ、あれ」と真冬が指さしたほうを、二人で見る。

酔っぱらって完全に我を失っている様子の中年男性が、フェンスによじ登り、建物に向かって放尿していた。当然、そんなところからやったって尿は建物に届きやしないが、中年男性はなぜか「大きくなあれ、大きくなあれ」とまじないをかけるようにして腰を振っていた。

三人は顔を見合わせた。そして同時に、ぶーっと噴き出した。

酔いが回りに回って、三人はいつまでもげらげらと腹を抱えて笑い続けた。真冬など、笑いながら道路に寝転がってしまった。すでに中年男性の姿はない。夏枝の頭は半分冷静で、半分はまだ酔っぱらいで、だからその半分冷静な部分で「何がこんなにおかしいんだろう、ばかみたい」と思いつつ、半分酔っぱらった勢いで、真冬の横に寝転がった。

アスファルトのごつごつした地面が後頭部に痛かった。見上げた夜空は灰色の雲に覆われて、星一つ見えない。それでも、こうして地面に寝転がって見上げてみると、空はどこまでも広く、遠い。ボロ家の小さな窓の小さな小さな空。あの頃ほしかったものは、なんだろうか。

「おい、みっともないからやめろよ、人来るぞ」

「こんな時間、誰もこないよ、バーカ」そう言って、真冬は嬉しそうに身をよじって笑った。「ねえ、あのさ、友達って、なんかいいねえ」

「何？　急に？」夏枝はそのまるまるした白い餅みたいな横顔を見て、聞いた。

「だってわたし、四十過ぎるまで、友達と外で遊ぶってほとんどしたことなかったから。ほら、前も話したけど、うちはいろいろあったでしょ？　だから最近、店長と夏っちゃんと、こうしてバカみたいにはしゃいだり笑ったりするのが楽しいの。失った青春を取り戻してる感じ」

「わたし、多分、このタワマン住まないわ」

その決意は、こぼれ落ちるようにぽろっと口から出た。わたしは子供時代からの夢を失うのだろうか。それとも何か別のものを、手に入れようとしているのだろうか。

2018年　秋　富田林の逃亡者

礼子はようやくカウンターテーブルから顔をあげて、涙でべたべたの頬をぬぐいながら、「ママ、あの話して」と言った。

藤崎秋生《ふじさきあきお》はつけまつげについたゴミを指でとり、目をぐるっと回した。「いやよ」

女装は宗右衛門町で間借りバーをはじめる前からの趣味だが、つけまつげだけはいつまでも慣れない。

「お願い、みんなに聞いてほしいねんー」そう言って、礼子はつれてきた二人の女友達のほうに身を乗り出す。

「なあ、聞きたいやんな？　ママの結婚話」

「結婚してはったんですか？」

はじめてきたほうの女が言った。一度きたことのあるほうの女も、興味深そうに前のめりになる。

カウンターだけの店内には、このアラサー三人娘のほかに、常連が二人のみ。彼らは秋生の結婚話など、耳くそがあふれだすほど何度も聞かされている。

「わたしの結婚話を聞いたからって、その三宮のやり逃げクソ男が改心して戻ってくるわけじゃないのよ?」

「わかってるって」

「あんたが急にモテモテになって、婚活パーティで無双できるようになるわけでもないのよ？」

「もう言わんとって」礼子は顔の前で手を合わせた。「お願い！　ママの語りで癒されたいの」

「人の不幸を……まったく」秋生は深くため息をつき、店に出たときだけ吸うアメリカンスピリットに、火をつけた。

「高校三年生のときまでね、わたし、どうやって生きていったらいいのか、わからなかったの。

うち、お父さんは銀行マンで、お母さんは専業主婦、あとはお姉ちゃんと妹がいて、本当に普通の、ごくごーく普通の家庭だったの。住んでたところは埼玉の浦和ってところで、そうそうサッカーのね。サッカーのイメージだけだとちょっと荒々しい感じがするかもしれないけど、浦和っていわゆる文教地区で、教育熱心な、ちゃんとしたご家庭が多いのよ。

人間っていうのは、大人になったら何かの仕事に就いて、結婚して、そして女は母親に、男は父親になる。親も、学校の先生も、周りの友達も、それが当たり前で、それ以外の道なんてどこにも存在しないって、考えてるように見えた。でも、なんでそうなのか、なんで当たり前なのか、わたしには全然わからなくて、すごく違和感があったし、不安だったのね。あと、女の子のことを異性として意識しなければならない、っていう周りからの圧力も、嫌だったわね。

ほかの人と何か違う。ずっと違和感を持ちながら生きてきて、しかもよりによって高校は結構な進学校にいっちゃったもんだから、周りはますますそういう人生王道コースを走ってる人たちばっかりになっちゃってさ。十六とか十七の頃は、いつ死のうか、そればっかり考えてたなあ。

だけどね、高三のときのクラスメイトに、一人だけ、ちょっと変わった女の子がいてね。最初は一目ぼれされて、突然告白されたの。で、わたしも軽くOKしたんだけど、いろいろ話してみたら、その子は難しい家庭に育った子だってわかって。『将来は絶対に結婚なんかしない』っていつも言ってて、なんていうか、シンパシーっていうの？そういうのを感じあってさ。わたしも正直に、自分のことを話した。そしたら、まあ自然とカレカノって感じじゃなく、友達になっていったわけ。でも、彼女と出会って、だいぶ気持ちが楽になったわ。

それで、その子がね、あるとき言ったわけ。新宿二丁目にいってみようって。当時はネットとかもなかったから、どういうところかよくわからなくて、まあ冒険感覚よね。

アハハ、今、思い出しても笑っちゃう。新宿駅の東口から出たんだけど、なんでか道に迷って歌舞伎町のほうにいっちゃって、そしたらきれいなドレス着たおねえさんが、道端でヤクザに思いっきりぶん殴られてたの！　もうびっくりよ。大の男が女の顔面げんこつタコ殴り。それを誰も通報しないで、輪になって眺めてるんだからさ。何ここ！世紀末じゃん！　って思った。もうとにかくおそろしくっておそろしくって、二人ですたこらさっさと逃げ帰ったわよ。

でも、そのあとね、大学に入ると同時に一人暮らしをはじめて、同時に友達の紹介でバーテンのバイトもはじめたりして。まあ、夜の世界への最初の一歩ってところね。そこは二丁目経由でくるお客さんもたくさんいてさ、その流れでわたしも自然と、通うようになって。

なんていうか、違和感を持ちながら生きている人間は、自分だけじゃなかったんだってしることができて、すっごく、ほっとしたな。

で、そのうち二丁目でも店子のバイトをするようになったわけ。そこの常連で、ひろさんって、みんなから呼ばれてる人がいたのね。その人は当時、三十代半ばだったかな。有名な雑誌の編集者で、ものすごくおしゃれで、かっこよくてさ。当時まだ全然流行ってなかったニューバランスを、スーツに合わせて履いたりしてるような人だった。

店にきたときに、ほんの少し話すだけの関係だったから、プライベートは一切わからなかったんだけど、勝手にいろんな想像をして、あこがれてた。

港区とかのおしゃれできれいなマンションに住んで、かっこいい車に乗って、好きな仕事してお金稼いで。自由で楽しくて華やかなシングルライフを満喫してるんだろうなあって。自分もそうなれたらいいなあって。

あるときね、新宿のど真ん中で、ひろさんとばったり会ったわけ。新宿っていっても、真昼間の日曜よ。

もうこれが、びっくらこきまろよ。なんてったって、ベビーカー押してたんだから。横には大きなお腹をした女の人。二度見どころじゃない、五度見はしたね。でも人違いじゃなかった。確かにひろさんだった。

それで後日さ、店にひろさんがきたの。そのときにね、言われたんだよね。

『悪いことは言わないから、結婚は、しておいたほうがいい』って。

店のほかのお客さんにも、実は家庭を持ってるって人、結構いたんだよね。もちろん、女性とよ？　同性婚なんてものは、宇宙人襲来ぐらい、現実味のない言葉だった。今でこそ、悠々自適なシングルライフを送ってる人なんてそこら中にいるけど、当時はまだそんなの絵空事。社会で生きていくために〝まっとうな妻子持ちの勤め人〟って仮面をつけるのが、常識中の常識だったってこと。昼間はそうして世の中に溶け込んで、週末の夜だけ二丁目にやってきて、息抜き。

『それが自分たちにとって、一番、賢い生き方だから』

ひろさんはそう言ってた。わたしね、案外、それをすーっと、受け入れられたんだよね。

そうだよなあって。結婚って、そういうことのためにも、あるもんなんだなあって。だって、ちゃんとした仕事に就いて、お金もそれなりに稼いでたら、結婚してるのが当たり前だもんね。いつまでも一人でいたら、怪しまれる。変な噂もされる。それは、生きづらかった子供時代と、同じかもしれない、なんて。

で、このときからたった五年もしないうちに、わたしは結婚するわけ。

当時はさ、男も女も関係なく恋愛してて。まあ今だって、わたしは恋愛対象の性を特定しているつもりはないのよ？　で、何人か同時進行なんかもしてたんだけど、その中で、わたしに執着しすぎてる感じの、少し、あやうい女の子がいてさ。二丁目で知り合った同い年の子で、大学もいいところに通っていかにも優等生って感じなのに、夜になるとメンヘラ化する変な子なの。よくわかんないけど、なつかれてたのよね。

その子がね、結婚しよう結婚しようってとにかくうるさくて。自分が稼ぐから、あなたは好きなことしてていいし、なんだったら浮気もしていいし、毎晩飲み歩いてもいいから、とにかく結婚したい、結婚しようってずっと言ってた。どうも、家族とあんまりいい関係じゃなかったみたい。なぜ、わたしじゃなきゃダメなのかわからなかったけど、あなたじゃなきゃダメなのって、よく泣いてた。

ほーんと、なんで、わたしだったんだろ。

とにかく一緒に暮らしたいっていうから、大学卒業してすぐ、同棲はじめた。自分が稼ぐからっていう言葉通り、彼女、超大手企業の内定ゲットしてさ。当時はいわゆる就職氷河期ってやつで、みんな名もなき中小企業の内定一つとるのにも苦労してたのに、よ。それほど優秀だったのね。わたしは就職先なんてなかったから、大学出たあとは働かずにデザイン学校通ったりして、まあ彼女の言葉通り、しばらくは食わせてもらってた。で、わたしがデザイン会社に就職決まると同時に、正式に結婚したの。

うちの親なんかよろこんじゃって、品川の新築マンション買ってくれちゃってさ。ときどき友達を呼んで、二人で手料理をふるまったり、トイプー飼ったり。名前はみこちゃん。幸せを絵にかいたような暮らしよね。

で、そういう暮らしの裏で、わたしは独身のときと同じように、好き放題やってた。毎晩飲み歩いて、男とも、女とも、付き合って。それであれは……結婚して、何年目だったかしら？　お互いに、三十歳になる年だったと思う。わたしに、運命の出会いが訪れるわけ。

もうね、映画よ、映画。何もかも覚えてる。大江戸線六本木駅のエスカレーター、そうそう、くっそ長いやつ。むこうはのぼりでこっちはくだり。真夏で、夜七時過ぎだった。わたしは仕事帰りで、ワイシャツにスラックス姿。むこうは黒Tに黒のスリムパンツ。エスカレーターのちょうど真ん中あたりですれちがった瞬間、お互いに『この人だ！』って確信したのね。わたしがエスカレーターを急いでくだって上を見上げたら、すでに彼は、くだりにのりかえて、駆けおりてくるところだった。そのとき、すべてがスローモーションになって。黒い髪がさらさらゆれて、日に焼けた肌はぴっかぴかにひかってて……。わたしの人生で、もっとも輝かしい瞬間の一つ。

それで、何もかもがはじまった。すぐ意気投合して、そこからもう、ずーっと一緒。あんまり記憶もないぐらい。家に、何日も帰らなかったし、彼女からの電話も、無視し続けてた。

一カ月か、二カ月ぐらい経ってたのかもしれない。もっとかな？　本当に、はっきり覚えてないんだけど、さすがにそろそろと思って家に帰ったら、彼女の荷物が、ぜーんぶ持ち出されてた。ベッドの上には、記入捺印済みの離婚届があって。

彼女とは、それきり。本当に会ってないの。どこにいってしまったのか、いまだにまったくわからない。

わたしは離婚届を出して、会社もやめた。両親にすべて打ち明けたら、勘当だって言われて、そのまま絶縁した。そのあとすぐ、彼と一緒に大阪にくることになって、それから一度も向こうには帰ってないしね。

もうね、結婚はこりごりよ。するんじゃなかった。大間違いだった。少なくとも、世間体のために結婚なんて大間違いよ。これからも一生、悠々自適のシングルライフを送るつもりでございます。あのね、結婚っていうのはね、国が国民を個人単位より家族単位で管理したほうが便利だから存在する、くだらない制度なのよ。人権侵害も甚だしいわ。まったく、人の幸せのために存在するもんじゃないの。そのことを肝に銘じなさい。……え？　例の彼とはどうなったかって？　しりたいの？　しょうがないわね。大阪にきてすぐのことよ。彼になんと！　一千万の借金が発覚してね……」

話し終える頃には、礼子はカウンターにつっぷして眠りこけていた。二人いた常連のうち、片方は知らぬ間に帰った。礼子が連れてきた女友達二人だけが、熱心に話を聞いてくれていた。

「やだ、もう四時だって！　もう店じまいよ。あんたたち、この生ゴミ持ち帰ってくれる？」

礼子がよだれをぬぐいながら、むくりと起き上がった。「元カレもわたしのこと粗大ごみって言った」

「あら、その人と気が合いそう。紹介して？」

「死んでも嫌やわ」

「とにかく、帰った帰った」

秋生はせっせと三人を追い出した。やがて店内には、秋生と祐介の二人だけになった。

「先に帰ってくれてもよかったのに」

そう言いながら、秋生はうざったいつけまつげを、指で強引にはぎとった。

「君の結婚話、最後まで聞きたかったから」

「今更？」ふんと鼻で笑う。「着替えてくるから、待ってて」

小さなドアをあけて裏の事務室に入ると、ジーパンとスウェットに着替え、かつらをとり、メイクを落とした。それから、昼にこの店でカレー屋を営んでいるアミールに「トイレの修理業者は明日くることになった」と英語でメッセージを書き置いた。

始発に合わせて、二人で店を出た。日に日に夜明けが遅くなって、今はまだ夜の中だった。駅のホームは風が冷たく、二人で足踏みしながら電車を待った。家の最寄り駅に着く頃、空の色は紫になっていた。

帰宅すると順番にシャワーを浴びた。その頃になって、ようやく朝らしい朝がやってきた。朝日をたっぷり部屋にとりこみたいところだが、目が覚めてしまうので、カーテンは閉めておく。

リビングのローテーブルに、トーストと飲み物を二人で並べる。テレビをつけてみたが、やたらに騒がしいのですぐに消した。

「あの人、見つかったんだね」祐介がトーストにいちごジャムをたっぷりと塗りながら言った。「警察署から逃げた男。富田林の」

「チャリであちこち走り回ってたんだっけ？」しかめ面してそう言い返すと、秋生はトーストに何もつけずにそのままかじりついた。それが一番おいしい。「そんで、最後はまた万引きやったんだろ？　はた迷惑な奴だね、本当」

「よくさ、ラッキーな人のことを、前世で徳を積んだんだとか言うけどさ、俺はああいう悪人こそ、前世でたくさんいいことしたんじゃないかと思うんだよね」祐介は言う。「前世でいい人を演じすぎてつまんなかったから、現世では他人に迷惑かけまくって、うっぷんを晴らしてるんだよ」

祐介はときどきこんなふうに、的を射ているようなまったく大外ししているような、なんと返答していいのかよくわからないことを口にして周囲の人間を戸惑わせる。秋生はもう慣れっこなので、こういうときは余計なことは何も言わない。経営している店の従業員や常連客たちには〝天然オーナー〟として愛されているようだ。

「俺は来世、和食しか食べない人間になってると思うね。現世で外国の料理ばっかり食べてきたからさ。あれ？　でも、もし俺がイタリア人に生まれ変わったら、イタリアンが和食ってことになるのかな？　あれ？」

ほっぺたにジャムをつけて、祐介は首をかしげる。どうしてこの男が人気のレストランを三軒も経営できているのか、こういうとき、本気でわからなくなる。

「ところで今日、どうすんの？」秋生は聞いた。「何時に出るの？」

「昼前に家出るよ。打ち合わせがある。秋生は？」

「今日は締め切りあるし、ずっと家にいる。水曜だし、店は休みにするかな」

「そうなの？　夕食一緒に食べる？　八時には帰れると思うけど」

「じゃあ、何か作っておくよ」

それ以上、もう会話はなかった。食べ終わると、また二人で片づけをした。それから順番に洗面歯磨きを済ませ、そのあとはいつも通り、秋生はソファで、祐介は寝室で仮眠をとる。

「じゃあ、おやすみ。あ、捨ててほしいゴミあったら、俺が出かける前に出しといてよ」

祐介はそう言って、リビングのドアをあけて廊下に出た。しかしすぐに戻ってきて、

「秋生」と呼びかけてきた。

「あのさ、今度、うちの親に会いにいかない？　ちょっと考えといて」

そして、こちらの返事も待たず、すぐにまた廊下の向こうへ姿を消した。秋生はそのまま、一睡もできなかった。


祐介と出会ったのは、大阪にやってきて八年目の秋のことだった。彼が営むイタリア料理店のウェブサイトとフライヤーのデザインを、依頼されたことがきっかけだった。

六本木で出会った男と別れて以降、秋生は人生のどん底に沈んだままでいた。大阪でフリーのデザイナー兼イラストレーターとして独立したものの、仕事はなかなか増えず、肉体労働系のアルバイトを掛け持ちする日々。恋愛も長続きせず、裏切ったり裏切られたり、不健全な関係しか築けない。自殺未遂の現場に駆けつけたり、血みどろの殴り合いをしたり、居合わせた修羅場を数えあげたらきりがなかった。三十七歳の誕生日をたった一人、生ビール中ジョッキ２００円の安居酒屋で迎えたとき、いっそ死のう、とついに決意した。店を出てドン・キホーテ道頓堀店でロープとウイスキーの瓶を買い、その場ですぐにウイスキーをラッパ飲みした。記憶があるのはそこまでだ。目が覚めたら、しらないアパートの前で大の字になっていた。頭のそばですずめがちゅんちゅん鳴いていた。ロープのつもりで買ったものは、洗濯機の給水ホースだった。

祐介から仕事の依頼メールがきたのは、その三日後のことだった。

そしてそのときから、何もかも面白いように好転した。祐介の店の仕事が契機になって一気に依頼が増え、まもなくアルバイトをしなくても生計を立てられるようになった。たまたま入ったカレー屋で店主と意気投合し、女装が趣味だと話したら、夜に店で間借りバーをやらないかと誘われたのもこの頃だ。そして、祐介とは自然な流れで恋人同士になり、出会って七カ月目で一緒に暮らしはじめた。

祐介は三つ年上で、思えば、はじめて付き合う年上の男だった。それだけでなく、はじめて付き合う自分より背の低い男でもあるし、はじめて付き合う煙草を吸わない男でもある。

これまで、ケンカは数えるほどしかしていない。サッポロ一番味噌ラーメンと塩ラーメンのどちらがうまいかとか、どちらの脚がより長いかとか、もめごとの理由はいつだってささいでくだらないもの。流血騒ぎなど、もちろん一度も起こしていない。

刺激が少ないといえば、そうだ。もう少し若かったら、もしかするとこんな暮らしは退屈で耐えられず、いずれ祐介を傷つけるような行動をとっていたかもしれない、と秋生はよく思う。けれど、歳を重ねて、いろんなことにあきらめがついた。人生の春も夏も通り過ぎたのだ。これから、体力的にも厳しい季節に入っていく。二人で穏やかに乗り越えていけたら、それ以上のことは何も望まない。将来の約束もいらない。法整備が進んだって、結婚なんて全く必要ない。ただ、一日一日をともに過ごせたらそれでいい……そう思っていたのは、秋生のほうだけだったのかもしれない。

先々週の月曜の晩、突然、言われた。子供を持ちたい、と。珍しく家で祐介が作ってくれた、秋生の何よりの好物のプッタネスカを食べているときに。

「親も、孫の顔を見たいだろうし」

それ以上、祐介は何も言わなかった。そして以来一度も、子供の話はしていない。それでも、いやだからこそ、秋生の頭の中はずっと不安と疑問でいっぱいのままでいる。祐介は何を伝えたかったのか。二人の間で養子を持ちたいということか？　今まで一度たりとも、そんな話はしたことがないのに？　そもそもそんなこと、実現可能なのだろうか？　日本では結婚している男女にしか、特別養子縁組は認められていない。どちらかの精子を使って誰かに産んでもらうのも、口で言うほど、簡単なことではない。

そもそも祐介は以前、言っていたのだ。両親には成人式の前日に、自分についてすべて打ち明けた、と。その際、「結婚や子供はあきらめてほしい」とも話した、と。しかも、すぐ隣に住んでいる妹のところには、すでに子供が五人もいる。孫の顔など、毎日飽きるほど見ているはずだ。

考えても考えてもわからない。祐介のことだから、もしかするとこちらには想像もつかないような、何かとんでもなくすっとんきょうなことを企んでいるのかもしれなかった。だとしたら、悩んでも無駄だ。いっそ子供の話など聞かなかったことにしようと考えはじめていた矢先、今度は、両親に会いにいこう、ときた。

その晩、祐介は予告通り、八時に帰ってきた。秋生は締め切り仕事が終わったところで、食事の準備は一つもできていなかった。結局、祐介がものの十分で作ってくれた。秋生が何より好きなプッタネスカと、二番目に好きな生ハムとナッツのサラダ。ダイニングテーブルの上には、ほかにバケットと赤ワイン。

「今朝、話したことだけど」祐介は食事に手をつけないまま、緊張した様子で切り出した。「うちの親に会うって話」

「ああ、それね」と秋生はわざとなんでもないような顔と口ぶりで、答える。「本気の話？　俺たち、伊豆大島までいくってこと？」

「本気の話。親がさ、秋生に一度会っておきたいっていうから」

それって……どういうこと？　何のために？　両親に俺の話したの？　一人暮らししてるってことになってるんじゃなかったの？　前に言ってた子供のことは関係ある？ない？　疑問が頭の中で渦をまく。けれど、どれ一つとして、口に出せなかった。

なぜなら、目の前の祐介が、あまりにも悲しそうな顔をしているから。

これまでの人生で何度も、この顔つきを見たことがあると秋生は思った。別れを切り出そうとしているときの男の顔だった。なぜ祐介はそんな顔をするのだろうか。全然わからない。

「ふうん、まあ、いいけど」

なんにも気づいていないような口ぶりで、秋生は言った。

「よかった」と祐介は息をつき、ようやくフォークを手に取った。いつもの、穏やかで優しい表情になって。全部気のせいだ、と秋生は自分に言い聞かせながら、苦しみと一緒にグラスのワインを飲みほした。


港まで迎えに来てくれた祐介の母親の顔を見た瞬間、やっぱりすべて気のせいだったんだと思った。

「遠いところまでわざわざすみませーん。船、酔いませんでしたか?」

子供みたいに小さな体をした祐介の母は、運転席からちょこまかと出てくると、秋生のトランクを軽々と持ち上げた。

「あっ僕やります」

「いえいえ、お疲れでしょう。さ、風が強いし、はやく乗って」

促されるまま、白いバンの後部座席のドアをあけた。すると中には子供が三人もいて、面食らった。

「こんにちは」

三列目のシートに並んで座る子供たちは、少し緊張した様子だが、礼儀正しく挨拶した。祐介が背後から「ああこれ、姪っ子甥っ子」と言った。「左からリク、ヒマリ、ソラ。ほかにサクラとミツキがいるから」

秋生はにこっと微笑んで「こんにちは」と挨拶を返し、車に乗り込んだ。やがて、荷物をトランクにしまい終えた祐介の母が運転席に戻ってきて、秋生にまた「酔ってない？　大丈夫？」と聞いた。

「大丈夫です。酔い止め、飲みました」

「もう、船酔いしてないか、心配で心配で。なにせ風が強いから。昨日まで天気がすごく悪くて、停電したところもあったのよ。えーっと、三泊するんだっけ？　帰りはもしかすると雨に……」

「お母さん、いいから車出して」

「はいはい、すみませんねえ」

背後で子供たちのはしゃいだ笑い声が、キャッキャとあがる。高速ジェット船はそれなりに混み合っていたのに、島内にはあまり人の姿は見えず、走っている車もほとんどなかった。今は観光のオフシーズンだというのもあるが、椿が咲き乱れる春や海水浴のできる夏のハイシーズンでも、訪れる人は以前と比べて随分減ってしまったと、運転しながら母親が教えてくれた。

「あのね、椿のシャンプーあるでしょ、有名なやつ。あれが出た頃は島全体でだいぶ潤ったんだけど、それもだいぶ前のことね。うちも昔は民宿やってたけど、お客さんいないから、たたんじゃった。今は地元の人向けの居酒屋やってるだけ。あっ、でも大丈夫。下の子夫婦が役場に勤めてるし、うちら夫婦も年金もらってるからね。お金ないわけじゃないから、心配しないでね、アハハハ」

母親はそんなふうに、運転しながら一人でしゃべって一人で笑い続けていた。そのうち自分の夫、すなわち祐介の父親が最近男性用の尿漏れパッドを使うようになったことまでしゃべりだし、さすがに祐介が怒って止めた。

途中、崖から透き通る海を見下ろしたり、バウムクーヘンとの異名をとる地層の切断面を見にいったり、ソフトクリームを食べたりして、三十分ぐらいかけて祐介の実家に到着した。昔ながらの平屋の日本家屋が二軒並んで建ち、周りを低い石垣が囲んでいる。今は子供の数が増えたので、母屋に妹一家が、離れのほうに両親が暮らすようになったそうだ。秋生たちは、離れの一室を使わせてもらうことになっていた。

車を降りると、さらに二人の子供と、祐介と背格好が同じ父親が家から出てきた。

「お疲れさまでした。船酔いしなかった?」

祐介そっくりの笑顔でそう声をかけられたとき、ここ数日にあったことはすべて忘れることにしよう、と秋生は強く思った。

そして三日間、夢のようにすばらしい時間を過ごした。

翌日はわざわざ学校を休んだリクとヒマリをつれて、三原山登山に出かけた。五年生のリクはしっかり者で物知りのお兄ちゃん、学校でも人気者らしい。登山の入口となる三原山山頂口まで送ってもらう車内で「三原山の裏砂漠は、国土地理院の地図に唯一『砂漠』って書かれてる場所なんだよ」と教えてくれた。秋生が大げさに驚いたふりで「え！ 鳥取は？」と聞くと、リクは「あそこは砂漠じゃなくて砂丘なんだ」と得意満面で胸を張った。

一つ下のヒマリは、対照的におとなしい少女だった。祐介が「秋生おじさんに見せたいものがあるんじゃないの？」と声をかけると、彼女は顔を真っ赤にして、リュックから小さなノートを取り出し、こちらに渡した。開くと、自分で考案したらしいオリジナルのゆるキャラめいたものがたくさん描き込まれていた。

「絵を描くのが好きで、将来はサンリオに就職したいんだってさ。な？」リクがそう言って、うつむく妹の顔をのぞきこむ。

「わあ、すごい。これ、かわいい！」

秋生は三ページ目に描かれたトマトをモチーフにしたキャラクターを指さし、後ろのシートに座るヒマリを振り返った。トマ姫と名前も書かれている。

「このグッズほしい！　絶対売れるよ」

「好きなキャラクター、何？」ヒマリがぼそっと聞いた。エンジン音にかき消されそうなほどの、小さな声で。

「サンリオ？」

「うん」

「ポチャッコかな」

「……わかる」

「わかる？　ほんと？」

「……総選挙でも、ランキングあがった」

「ね！　あがったよね。ヒマリちゃんは何が好き？」

「ハンギョドン」

「わかる」

　ヒマリの口元がわずかにゆるんだのを、秋生は見逃さなかった。

　一行は山頂口についたあと、遊歩道を歩いてまずは火口を目指した。天気にも恵まれ、絶好の登山日和だったが、自分たち以外には人っ子一人いない。昨日、船にあれだけいた乗客たちは、一体どこで何をしているのだろうと思った。

　すさまじい強風にあおられつつ火口を一周し、昼休憩をはさんで、午後は裏砂漠線と呼ばれる砂利道を進んだ。リクご自慢の裏砂漠は文字通り、黒い砂利が一面に広がる不思議な場所だった。

「まるで宇宙にきたみたい」

景色に感嘆して思わずそうつぶやくと、リクが「でしょう！　そうでしょう！　そう思うよね⁉　どこでもドアでさあ！　いきなりここにきちゃったら、誰だって宇宙に出たって思うよね！」と今日一番、瞳を輝かせて言った。

子供たちの体力は尽きることなく、終着点の大島温泉ホテルで汗を流したあとは、サイクリングに誘われた。夕方、ようやく家に帰ってからも急いで夕食を済ませ、それからリクとヒマリと二人の両親も一緒に、車で再び山に向かった。星を見るためだ。人工的な明かりがひとつもない闇の中、シートをひいて、みんなで寝転がって夜空を見上げる。

星はすばらしかった。言葉もないほどだった。けれど、隣に寝転がったヒマリがこっそりと、

「女の子が好きかもしれない」

と教えてくれた。それだけで、もう胸がいっぱいだった。

翌日は三人の未就学児をつれて海岸へいき、砂遊びをしたあと、祐介の両親が営む居酒屋で、名物のべっこう寿司を食べた。その席で、祐介が何の前触れもなく「俺、悪い

けど、これから大阪帰らなきゃ」と言った。

「えっ急だね。船あるの？　明日じゃだめなの？」

そう問い返すと同時に、「秋く一ん」と子供たちに呼ばれた。生け簀のイセエビを見せたいらしい。しばらくみんなでイセエビをつついて座敷に戻ると、すでに祐介の姿は消えていた。

午後は夕飯の支度の手伝いをした。そのあとは近所の人も呼んで大宴会がはじまった。秋生は一時間ほどでこっそり抜け出し、子供たちと海岸まで出かけて花火をやった。

明日の午後の便で、秋生も帰る。それを理解しているリクとヒマリは、何度も何度も「またくる？」と聞いた。花火が終わって家に戻り、母屋と離れに別れるときにも、リクは「またくる？」とねむたげな声でたずねた。

「またくる。すぐくるよ」

こようと思えばいつだって。なんだったら来週にだって。それなのに、穴倉のような暗い玄関に消えていく小さな背中を見ながら、もう二度と会えないかもしれないと、ふと思う。

翌日の朝食の席で、食事を出してくれた祐介の妹に「祐介ってなんで昨日帰ったか、しってます？」と秋生は聞いた。

「LINEしたんだけど、既読にもならないんですよ。店で何かあったのかなあ」

妹はしばらくの間をおいて「さあ」とだけ言った。

土曜日だったので、午後の船が出る時間ギリギリまで子供たちと遊ぶつもりだった。ところが九時を回っても、リクもヒマリも幼児たちも、離れにやってこない。

「リクたちは？」と秋生は妹に聞いた。彼女は「旦那のおばあちゃんちにいきました」とまた、そっけなく答えた。

午後の便まで、まだかなり時間がある。どうしたものかと考えあぐねていると、妹の夫の博《ひろし》がやってきて、「釣りにいきませんか」と誘われた。

気乗りしなかったが、仕方がない。博のバンで港へ向かった。祐介の母親が初日に予言した通り、雲行きはあやしくなっていた。風も今までで一番強かったが、港の堤防釣り場では、大勢の釣り人たちが海に竿をなげかけていた。

一時間ほどやった。が、一匹も釣れない。秋生は海釣りなど、中学生のときに数回やったきりだ。しかし博はまともに教える気も、自分で釣る気もあまりなさそうな様子で、竿を持って適当にその辺をうろうろするばかりだった。

「ちょっと、車に戻りましょう」

十一時過ぎ、博が言った。釣り道具はその場においておくつもりらしい。休憩するだけなら港の待合室にいけばいいのにと思いつつ、素直に従った。

博のバンの助手席に乗り込む。博は運転席に座ると、すぐにスマホをいじりはじめた。気まずい沈黙が苦しくて、こんなことなら一人でサイクリングにでもいけばよかったと思う。

「お子さんたち、いい子ですね」と秋生が苦し紛れに言ったのと、「祐介さんと、別れてやってください」と博が切り出したのは、ほとんど同時だった。

一瞬で、頭が真っ白になった。今、「別れて」って言ったのか？　博の横顔をじっと見つめたが、こちらのほうを見ようとしない。手の中のスマホに、目を落としたままでいる。

「残酷なお願いだってわかってます。でも、別れてあげてください」

博はうつむいたまま、言った。なんで？　秋生はその一言すら、出てこない。

「祐介さん、結婚が決まったんです。相手は昔からの知り合いの女性で、年齢は四十手前で、だからお互いに何もかも承知のうえだそうです。子供がほしいんだそうです。お互いの両親を安心させてやりたいからって感じみたいです。もう全部決まったことなんです。突然で申し訳ないですけど、あの、許してあげてください」

ずっとのんびりして無口だった博が、人が変わったような早口でまくしたてた。ふいに、秋生は思い出す。何年か前、親戚から見合いをすすめられて迷惑していると祐介が話していた。結婚なんて決まっていないのに、見合いをさせるために勝手にそんなことのを言っているだけじゃないのか。秋生は一度、深呼吸した。それから「本当にそんなもの、決まってるんですか」とつとめて強い口調で問うた。

「祐介が女性と結婚なんて、考えられないです。本当にそんな相手いるんですか？　本人に許可もとらないまま、勝手に……」

「俺だって、こんな話したくないっすよ！」博が声を荒らげた。「誰に頼まれたと思ってるんですか！」

その剣幕に、秋生は一瞬ひるんで黙ってしまう。しかしすぐに、「誰ですか？」と負けじと強く問い返した。

「お父さんですか、お母さんですか」

「祐介さん本人です」

「そんなバカな」思わず笑ってしまった。まったくもってばかばかしい。何もかも矛盾している。

「バカも何も、本当ですから」

「いや、おかしいでしょう！　別れるつもりなら、なんでこんなところにまでつれてくるんですか！　なんで家族になんか会わせる必要があるんですか！　どう考えたって矛盾している！」

博は唇をひきむすんで、黙り込んだ。言い返す言葉がないのだろう。そりゃそうだ。

「とにかく、本人の口から――」

「最後に、秋生さんに、家族団欒を楽しませてあげたいから」

「……は？」

「そう言ってました、祐介さん。秋生さんは家族と絶縁してしまってかわいそうだから。だから最後に、うちみたいに仲のいい家族の仲間に入れてやって、子供たちと遊んだり、お父さんお母さんとご飯を食べたり、そういう幸せを最後に、別れる前に、感じさせてやりたいんだって」

秋生は前を向いた。フロントガラスの向こうは、小雨が降りはじめていた。海も空も溶け合って、まるでゴミ捨て場みたいな薄汚い灰色に染まっている。そんな的外れな親切は、祐介以外にあり得ない。


アメリカンスピリットライトに火をつけて一口吸い込んでから、グラスにウオッカを注ぎ、氷を二つ入れた。自分以外に誰もいない小さな店の中で、カラコロと音が響く。

大阪のマンションに帰ると、すでに祐介の荷物のほとんどが持ち出されていた。置き手紙があって、「いらないものは捨てていい」とだけ書いてあった。その字はしらない人間の字に見えた。家族以外にも協力者がいるのかもしれなかった。

ＬＩＮＥは既読にならない。電話も着信拒否されている。

翌日、意を決して、祐介の店に出向いた。「オーナーは別の店にいます」と三軒たらい回しにされた挙句、最後は名刺を渡され、弁護士事務所にいくように言われた。そのとき、もうやれることは何ひとつないのだと悟った。

本当に、祐介が女と結婚するつもりなのかはわからない。別れたい理由がほかにあって、どう切り出すのが最善か考えあぐねているうちに、こんなわけがわからないほど回りくどい手段になってしまったのかもしれない。祐介なら十分考えられることだ。はっきりしているのは、こうなってしまった今、祐介の本心を探っても何の意味もないということ。どうにもならない。それだけは理解できる。

もう少し若かったら、きっと、あらゆる手段を使って彼に追いすがった。それこそ、警察沙汰になるまで。いまや、そんな気力はわいてこない。罵詈雑言をぶつける体力すらないのだ。

ただ、一人黙って、打ちひしがれることしかできない。

あのとき。

祐介から、両親に会ってほしいと言われたとき。本当は心の片隅で、本当に本当に小さな、砂粒ほどの小さな隙間で、期待していた。そんな自分に気づいていたのに、ずっと気づかぬふりをしていた。

結婚しよう、と言ってもらえることを。

それが実現可能かなんてことは、どうでもいいことだ。ただ、本当は、ずっと前から心のどこかで望んでいたのだ。一生、一緒にいようと。病めるときも、健やかなるときも、助け合って生きて、そして手を取り合って、ともに老人になろうと。人を裏切って、家族を捨ててこんなところまでやってきたくせに。結婚なんてくだらないと言っておきながら。

ただ、言葉にしてほしかった。それで愛が証明されるような気がした。

涙が一粒、グラスにこぼれ落ちる。男のことで、いまさら泣くなんて。バカみたい。

コンコン、とドアノックの音に気づく。おそらく、少し前から鳴っていた。聞こえてはいたが、意識にまで届いていなかった。

本日休業の札をかけておいたはずだった。しかし、ノックはやまない。秋生は深くため息をつく。礼子だろうか。そんな気がする。今夜は優しくしてやれる自信が全くない。

しかしそのとき、はっとして息をのんだ。もしかして、祐介かもしれない、とようやく思い至ったのだ。きっとそうだ。次の瞬間には駆け出していた。もどかしい気持ちでロックを解除し、ドアをあける。

そこにいたのは、見知らぬやせた中年女だった。

「あ、冬さん！　いたよ」

中年女はすぐに背を向け叫んだ。するとビルの階段のほうから、今度は見知った肥満体型の中年女がのっしのっしとやってくる。

「ちょっと、いるならいってよ」

すでに随分酔っているようだ。去年会ったときよりさらに太っていて、さらに老けている。

「あれー？　なんで普通のカッコしてるの？　女装してよ！」

「うるさい！　死ね！」

自分の中から自分とは無関係な人間が出てきて叫んだ。そんな感じがした。バタンと勢いよくドアを閉め、そのままその場にくずおれて泣いた。

2019年　冬　カルロス・ゴーン

死んだら善光寺に骨を納めて、回忌ごとにきちんと法要してほしい。

お母さんが亡くなる前に望んだことの中でも、これが一番面倒で嫌だったな。東京駅で買った鰊みがき弁当と牛肉どまん中弁当に舌鼓を打ちつつ、垣外中真冬は懐かしく思い出す。

世間様からどう思われるか、そればかり気にしていた母。何年も前から認知症が進んで、ずっと自分のことを中学生の女の子だと思っていたくせに、亡くなる三日前になってふいに「葬式にワンピースなんかぜったいに着ないでよ」と真剣な顔で言った。だから真冬は母が死んですぐに、五つ紋付きの黒無地の着物を用意したのだ。通夜の席で母方のおばの一人に「身分不相応だ」と叱られたが、もうどうでもいい気分だった。母の言うことを聞いてよかったことなんて、一つもない。

けれど、四十九日法要ではじめて冬の長野を訪れたとき、そのあまりの美しさに、今回ばかりは母の命令を素直に聞いてよかったと、心から思ったのだった。とくに法要の当日、散歩ついでに出かけた早朝の善光寺は、素晴らしかった。様々な濃淡の蒼に染まっていた、雪も、道も、善光寺も、何もかも。明かりがぽつんぽつんともり、こっちへこいと真冬を手招いていた。法要のあと、バイト先の春来店長に頼んで休みを延長し、松本や小布施まで足を延ばして冬の信州を満喫した。

母が亡くなるまで、旅行なんてほとんどしたことがなかった。

北陸新幹線はくたかが二つ目の駅、大宮駅にすべりこむ。ここから長野までは一時間ほど、あっという間だ。

遠方の寺に納骨したメリットは、もう一つあった。法事のたびに母の姉妹たちに連絡したり、顔を合わせたりせずに済むことだ。四十九日の際に一応、四人のおばたちに声をかけたが、全員に即答で断られた。母より十九歳下の末の妹で、一時は一緒に暮らしていたことのあるみどりさえ、「あんな人のために回忌法要なんて、金と時間の無駄でしょ」と言われて終わった。

だから四十九日は誰も呼ばず何も用意せず、一人で善光寺にいって、当日の合同法要に参加した。今回も、そしてこれからもずっと、そうするつもりだった。

みどりは母の生前、よく言っていた。家族が全員死んだときが、あんたが自由になるときだよ、と。

ふいに、窓の向こうに広がる大宮の住宅街が、白くかすんでいく。かわりに目の前に浮かびあがるのは、1995年の夏の——

——「テレビって本当、嘘ばっかりだよね」

ジャイアントコーンをまずそうに食べながらぼやく、十七歳のみどりの横顔。夏休みの直前に校内暴力とたばこで高校を中退になり、怒り狂った祖父母に家を追い出され、しぶしぶ真冬の母が預かることになっていた。

蒸し暑い夜だった。蛍光灯のまわりを、小さな蛾が二匹飛んでいる。埼玉県南部にある古い市営団地の3LDKは、季節問わず何らかの虫が飛んだりはいつくばったりしていた。

常にわめき声や怒鳴り声でうるさい我が家だが、その日は静かだった。それもそのはず、真冬以外の家族は今、目の前にある小さなブラウン管の中にいるからだ。

三歳上の姉の渚《なぎさ》と年子の弟の風太《ふうた》、そして母が、三人ならんで大きなステージの上に立っている。まわりにはたくさんの芸能人。司会者が、母にいろいろなことを聞いている。二人の年齢、渚のダウン症と風太の自閉症について。障害児を二人育てる苦労。養護学校で風太が熱中している切り絵のことと、それがコンクールで大きな賞をとり、さらに画集が発売されてたくさん売れていること。この家で一緒に暮らしているはずの家族が、なぜかまったくしらない赤の他人に見える。

そのとき、司会者の横にいる女性のアナウンサーが何か言って、画面が切り替わり、いきなり我が家が映し出された。「垣外中家の朝は大忙し」というナレーション。母が渚の食事の世話をしてやりながら、癇癪を起こして暴れる風太をなだめている。部屋中が衣類や食べ物のクズで、ぐちゃぐちゃだ。

ふいに画面の中に、中学校の制服を着た自分が現れた。真冬は思わず、息をのんだ。

「ねえ、エプロンってほかにない？　調理実習で使うんだけど」

ブラウン管を通して聞く自分の声は、自分じゃないみたいだ。

「しらないよ。いつものは？」

「フウがジュースこぼした」

「自分で探してよ」

画面の中の自分が、ふてくされて自室に引っ込んでいく。本当はそのとき、食事介助に苦戦する母に「なぎちゃんはシリアルなんか食べないよ」とアドバイスしてやったはずだが、その部分はカットされた。暴れる風太に服を着せたのも、養護学校にいくための用意をして玄関で靴を履かせたのも真冬だったが、そこも放送されなかった。かわりに、風太にまとわりつかれて「フウ！　やめてよ！　ちょっと、おとなしくして！」と怒る場面と、一人で登校するところをカメラマンとスタッフに追いかけられた挙句、

「家族に何か不満はない？　一つぐらいあるでしょ？」としつこく聞かれて、「ないけど、どうでもいいです」とむくれて答えるところが放送された。

それから、養護学校まで母が二人をつれていく様子や、切り絵に熱中する風太、食事の介助をされる渚の姿などが、次々映し出された。そして再び、画面が生中継のステージに戻る。風太の作った大きな切り絵が披露され、芸能人たちがすごいすごいと騒ぎ立てる。涙をぬぐう母。不安げな様子で体をゆする風太と、いつも通りニコニコ顔の渚。

これが家族。わたしの家族だ。間違いない、そのはずだ。この家で暮らし、昨日も一緒にご飯を食べた。渚がハンバーグを食べるのを手伝ってやりながら、いつまでも床に寝転がってパズルに熱中する風太に「ご飯だよ」と声をかけ続けた。風太はその時やっている作業に区切りをつけるのが苦手で、食事にしろ風呂にしろ、とにかく時間がかかる。昨晩も風太が夕食を食べ終えたのは、夜の九時過ぎだった。

「お母さん、この先の夢はありますか？」

司会者が聞いた。

「夢なんて、そんな」と母は顔の前で、けなげに手を振る。「家族みんなが笑って、幸せに暮らしていけたら、ほかに望むことなんてないです」

真冬は立ち上がり、隣の自室に入ってふすまをぴしゃりと閉めた。涙がこぼれそうになるのを、ぐっとこらえる。数日前の三者面談。担任が「県内上位の高校も狙えますよ」と言うと、母はしおらしくはなをすすりあげながら「うちはわたし一人で三人育ててるもので、しかもほかの二人は生まれながらに障害もあって、正直、苦しいんです。高校にいかせるのは、とても無理そうで……」と答えた。

お金の問題じゃないのは、真冬も担任もわかっていた。風太の本の売り上げもあるし、母は今日だけでなく、障害児二人を育てるシングルマザーとしてたびたびテレビに出たり、講演会に呼ばれたりしていた。その活動に本腰を入れるため、これまでより一層、二人の世話を真冬に押しつける算段であるのは明らかだった。

「いずれは国立大にいって、弁護士になるのが夢だと聞いてます」担任の若い女性教師はめげずに言った。「垣外中さんは優秀なので、勉強する時間を確保できれば、十分可能だと思いますよ」

「そんなそんな、やだやだ」母は顔の前で手を振って、さもおかしそうに笑った。「この子が弁護士なんて、無理に決まってますよ。いかせるのなら、まあ商業高校とかなら……」

ふいに、ふすまの向こうから物音がした。「あのさ……」とみどりの声。「あの、真冬はさ、本当、よくやってるよ。えらいよね。わたしはちゃんとしってるから。真冬ががんばってること。ちゃんと見てる」

何かが洪水のようにあふれ出てきて、とっさにその場に三角座りして、膝と膝の間に顔を埋めた。みどりは何かを察したのか、居間に戻っていった。声を漏らさぬよう、奥歯が砕け散りそうなほど歯を食いしばりながら、母と渚と風太が帰ってくるまでに、泣き顔をどうにかしなきゃと考えた――

――キャーッという叫び声が車両の端からとどろき、真冬は遠い過去から現実に引き戻された。まもなく、男児三人が、風のように通路を走り抜けていった。と同時に、窓の向こうに真っ白な浅間山が現れた。真冬はあわててスマホを構えたが、一瞬で通り過ぎてしまった。

それからしばらくたった午後二時前、新幹線はくたかが長野駅に着いた。ホームに降り立つと、胸いっぱいに冬の透き通った空気を吸い込んだ。今夜か明日には初雪が降るらしい。楽しみだ。

駅直結のホテルにチェックインしたあと、少し休憩して、散歩に出かけた。善光寺は明日ゆっくり回ることにして、今日はずっといってみたかった水野美術館へ足を延ばした。

一時間ほどでささっと出るつもりが、あちこち夢中で見て回っているうちに、気づいたら閉館時間になっていた。使い道があるわけでもない日本画のポストカードを、二十枚近くも買い込んでしまった。何に使うべきかと考えて、すぐにアイディアが浮かんだ。

信号を渡ってすぐのコンビニにかけこんで、ペンを買う。それから近くのカフェに入り、カフェオレを注文して（本当はケーキも食べたかったが、ぐっと我慢した）、三人の友達にむけて、買ったばかりのポストカードをつかって手紙を書いた。

書き終わると同時に、ぐーっとお腹が鳴った。もういつの間にか、午後六時半過ぎ。七時に店を予約してある。前にランチで訪れて以来、いつか夜にこようと楽しみにしていた地元料理の名店だ。地鴨のたたき、野沢菜の天ぷら、するめいかの一夜干し。もちろん地酒も。しめには二八そばのもり。でも、温かい鴨せいろもいいかも……いやいや食べすぎだ。半もりにしておこう。ドカ食いになったら、楽しい食事が台無し。そんなふうに、数日前から食べログのメニュー画像を見ては頭を悩ませてきた。急いで荷物を片付けて、席を立つ。

そして外に飛び出して、真冬は思わず「わあ」と声を漏らした。

雪が降りだしていた。漆黒の夜空から、小さくてふわふわの粉雪が、まるで何かを祝福するように舞い降りてくる。結婚式のライスシャワーみたい、と思う。結婚式なんて、自分には全く縁のないものだけれど。

人目も気にせず、両手を広げてその場でくるりと回った。通り過ぎていく若い女の子二人組が、こちらを横目で見ながらくすくす笑う。真冬は何事もなかったような顔で、タクシーを拾うために片手をあげた。

翌日は、午前中のうちに門前町をぶらついて、お気に入りのカフェでアップルパイを食べたり、味噌屋でこがね味噌を大量に買い込んだりした。昼は栗のお菓子で有名な竹風堂で、栗おこわ。蒸したてのおこわが目の前にやってくると、その甘い香りを胸いっぱいに吸い込みながら、生きていてよかったと心から思った。

午後の法要と仏前のお参りは、心を無にして挑むつもりだった。何日も前から、何も考えないよう、感じないよう、ただそこにいて時間が過ぎ去るのを待とう、と自分に言い聞かせ続けていた。

が、ダメだった。

ほかの参列者にまじって僧侶の読経を聞いていると、どうしても、渚が死んだときのことを、思い出してしまう——

——渚はもともと医者から「成人するまで生きられない」と言われていた。実際、生まれたときから消化器や心臓に疾患を抱えていたし、十代後半に入ってからは、糖尿病も発症していた。それでも受け入れてくれそうなグループホームはあったが、母と周りの支援者たちが許さなかった。

「家で面倒を見ることに意味がある」と支援者たちはよく言っていた。風太の切り絵に続いて、渚の書道も何かの賞をとり、母は二人の障害者アーティストを育てるシングルマザーとして、これまで以上の注目を浴びるようになっていた。

家に取材にくるメディアも一社ではなく、テレビ局、出版社、新聞社、とにかくたくさんありすぎて、真冬にはもう到底把握しきれなかった。なぜだか彼らは母以上に真冬に対してえばりくさって、飲み物を出させたり買い物を頼んだりした。スタッフ全員分の食事を用意させられたこともあった。

そして風太がふざけて真冬にじゃれつき、真冬が「やめて！」としかりつけると、すかさずカメラが向けられ、その様子がテレビで放送される。その後は真冬あてのいたずら電話や、嫌がらせの手紙が殺到するのがお決まりだった。ときには「お母さんに利用されているのではありませんか？」「助けがほしかったら連絡をください」などといった、真冬に手を差し伸べるような内容の電話や手紙もあった。が、その頃の真冬の心は、誰も見向きもしない何の使い道もない小石のようで、人の優しさも思いやりすらも、しみこまなくなっていた。

実際、自分に優しくしてくれる大人も、助けてくれそうな大人も、まわりには一人もいなかった。なんとか志望していた高校には進めたが、勉強する時間が確保できず、あっという間に授業についていけなくなった。高校一年のときの担任に思い切って相談したら、「家事や介護を今の半分の時間で終わらせられないの？　努力が足りないだけでしょ」と突き放すように言われ、何もかもどうでもよくなった。

渚は医者の予想より少し長い、二十三歳まで生きた。

真冬は高校を卒業後、進学も就職もしなかった。家計を助けるために菓子メーカーの工場で夜勤のアルバイトをしながら、できる限り渚と一緒に過ごした。渚は小さなときからいつもごきげんで、周囲の人から「にこにこちゃん」と呼ばれて愛されていた。しかし、二十歳前後から病状が悪化するとともに感情の起伏も激しくなって、世話にかなり手がかかるようになっていた。トイレもしょっちゅう失敗した。そのせいで、母は渚に全く見向きもしなくなった。

それでも真冬にとっては、渚は大切な姉であるとともに、ずっと一番の親友だったのだ。最後まで、幸せな人生を歩んでほしかった。国立大に入って弁護士になるという夢を、完全にあきらめたわけではなかった。渚を見送ったあとに勉強すればいい。家を出たら、学費と生活費を稼ぐために、体を売るのさえ厭わない、と当時は思っていた。

渚は亡くなる二カ月前に入院した。できる限り見舞い、できる限り長く一緒に過ごしたかった。

ある秋の雨の日。母の長姉夫婦と同居していた七十代の祖母が、庭で転んで骨折した。なぜか真冬が呼ばれて、手術に立ち会うよう命じられた。おば一家は翌日から、ハワイ旅行にいくことになっていたからだ。

五時間の手術が終わるまで、病院の待合室で一人、待った。その間に、渚が死んだ。祖母が入院していたのとは別の病院で、母と取材にやってきたテレビスタッフに見守られて。

なぜだか、ずっと泣けなかった。通夜と葬式にもどこかのメディアがやってきて、写真を撮ったり、母にインタビューしたりしていた。通夜だったか葬式だったかはっきり記憶していないが、僧侶が経をあげている途中で真冬はふらふらとその場を抜け出し、控室に入っていって、テーブルの隅に積み上げられていた仕出し弁当を食べはじめた。一つ、二つ、三つ。ドカ食い癖は、高校一年の春に突然はじまった。ふいにつきあげるような衝動に襲われ、冷蔵庫をあけて、中のものを貪り食う。冷蔵庫の中に何もなければ、母の財布から金を盗み、コンビニにいって菓子パンや弁当を買い込んで、外で食べた。金が手に入らないときには万引きをした。一度、近所のスーパーでつかまったが、パート店員の中に真冬の境遇をしっている人がいたようで、見逃してくれた。以来、万引きはやめた。

五つ目の弁当に手をかけたとき、背後から話し声が聞こえた。どこかのメディアの若手スタッフだった。

「何やってるの？　アレ？」

「きょうだいが死んだんだろ？　ひでえよな」

不思議だった。その陰口を聞いた瞬間、渚はもういないんだ、と心から実感できた。大きなエビフライを口にねじ込みながら、渚が死んで以来、はじめて泣いた――

――はっと気づくと、畳の上に座っているのは自分一人きりだった。真冬が苦い過去に思いをはせている間に読経は終わっていたようで、僧侶がそそくさと仏間を出ていくのが見える。慌てて立ち上がろうとしたら、足がしびれにしびれていて、畳の上で無様にひっくり返ってしまった。こちらを見ている人はいなかった、と思いたい。

それから近くの納骨堂にお参りをして（ここではなんとか無心でやり過ごせた）、その後はホテルにあずけてあった荷物を取りにいき、北陸新幹線あさまで一路、軽井沢へ向かった。

軽井沢高原教会のイルミネーションは、今後も母の法要があるたびに、旅のメインイベントになるだろう。冬の澄み切った夜空の下、ランタンキャンドルの光が一面に広がる森の前に立ったとき、真冬はそう確信した。四十九日のときは時期が少しずれて、間に合わなかった。何カ月も前から、この風景を目にするのを楽しみにしていた。

高さ6メートルのモミの木のクリスマスツリーの輝きに圧倒され、教会にむかってまっすぐのびる星明かりのプロムナードを、静かな気持ちで歩く。夜空を見上げたら、本物の星がきらめいていた。ふいに教会から、バイオリンの音が聞こえてきた。真冬は少し早足になって中に入り、なるべく前のほうに空いている席を見つけて座った。クラシックのことなんて、全然わからない。使われている楽器が、本当にバイオリンなのかも自信がない。けれど、こうしてクリスマスシーズンに教会で音楽を聴きながら、心静かに過ごせているということに幸せを感じて、ふいに涙が出そうになる。

演奏が終わり、再び外に出た。クリスマスツリーの前に戻ると、さっきより人が増えていた。カップルが八割、残りは家族連れ、たった一人でいるのは自分だけ。旅の前にみんなでカラオケにいったときの、夏枝の言葉が脳裏をよぎる。

「軽井沢のイルミネーション？　えー？　カップルばっかりでみじめになるだけだって。やめなよー。わたしなら絶対にそんなところに一人でいかない！」

思わず、くすりと笑ってしまう。ちっともみじめなんかじゃない。幸せそうな人々の姿を見ると、こちらまでじんわり胸が温かくなる。きっと夏枝にとって、冬のイルミネーションを恋人と見にいくなんてこと、それほど難しくもないんだろう。これまで何度も経験しているんだろう。やすやすと手に入るもののはずだからこそ、自分以外の誰かが手にしているのを見ると、憎らしくなってしまうのかもしれない。

真冬のこれまでの人生には、異性とのデートもプロポーズも結婚式も、入り込む余地は全くなかった。予感を抱いたことさえない。あまりにも自分とは無縁のことだからか、外で出会うカップルや家族連れは、遠い惑星に暮らす異星人みたいに見えるときがある。異星人に嫉妬なんかしたって、どうしようもない。

駅に戻るとさらにタクシーに乗り、旧軽井沢銀座通りの近くにあるホテルにチェックインした。個人経営の小さなホテルで、朝食に食べられる手作りの焼き立てパンが何よりの楽しみだった。

「あれ？」

宿泊カードに必要事項を記入して渡すと、オーナーらしき男性が妙な声を出した。

「ねえあなた、昔、テレビ出てなかった？」

真冬ははいともいいえとも言わず、ただカウンターの隅に置かれた猫のぬいぐるみを見つめた。

「あの、絵を描いてた障害者の男の子、あなた、あの子のご家族？　お姉さんかな？　垣外中さんって名前に特徴があるから、覚えてるんだよね。ねえそうでしょ？　それとも親戚？」

「あの、これカードキーですか？」

「え、ええ。あの、人違いかな？　いや、そうだよね、間違いじゃないよね？　昔、よく番組見てたよー。あの男の子は元気？　あなたやっぱり、いっつもケンカしてたお姉さんでしょ。顔と声に覚えがあるものー」

「じゃあ、おやすみなさい」

カードキーを奪うように手にすると、荷物を持ってエレベーターに乗った。部屋に入るとすぐにバスタブに湯を張って、顎の下までつかった。風太は風呂好きで、湯船を張ってやると、必ず頭まで湯につかっていた。胸がぎゅっと、誰かにわしづかみされたみたいに痛くなる。いつか一度だけ、湯につかる風太の頭のてっぺんのその髪の毛の渦を見つめながら、このまま死んじゃえばいいのに、と思った。たった一度だけだけど、そう思った。そしてそのあと風太は本当に、風呂場で死んだ――

――風太は養護学校を卒業した後、少し間をあけてグループホームに入った。渚が亡くなってすぐの頃だ。

母は自宅で面倒を見たがったが、とても無理だった。認知症になった祖母の介護の手伝いもしなければならなかったし、生活費を稼ぐために夜勤のアルバイトも続けていた。風太は十代の後半頃から切り絵に興味を失い、何も描かなくなった。メディアの出入りもなくなっていて、母の収入はほぼゼロになっていた。

正直なところ、風太のことはだいぶ前から真冬の手には負えなくなっていた。複数の疾患を持っていた渚とは違って、風太は重い自閉症を抱えていながらも、体はいたって健康、つねに元気いっぱい。子供のときはたびたび家から脱走し、何時間もかけて探し回ることもザラだった。十五歳ぐらいからなぜかぴたっと脱走癖は収まったが、その頃からほぼ毎日夢精するようになった。後始末をするのは、当然のように真冬だった。

風太は三十五歳のとき、グループホームの浴室で死んだ。真夏だった。

入浴中に寝入って、おぼれて死んだらしい。通常であればほかの入所者と大浴場で入浴するはずが、数カ月前から問題行動が増えてきて個浴にせざるを得なくなったと、死んだあとになって聞かされた。その日はシャワーだけで済ませる予定が、本人がどうしても湯船につかりたがったので、しかたなく湯を張った、そして目を離している間に、頭ごと湯に沈み込んでいた、というのが施設側の説明だった。

警察は事故と事件の両面から捜査していたが、結局、立件されなかった。母がホームを訴えると息巻いたが、息巻いているだけで特別何もしなかった。その頃には手を差し伸べてくれる支援者も、ひとりもいなくなっていた。

記憶があいまいで、どうしてそうなったのかわからない。死んでから数日後、あるいは数週間後、なぜか真冬は一人で、風太が死んだ浴室を見にいくことになった。もしかしたら自らそれを強く望んで、強引にホームに頼み込んだのかもしれなかった。覚えていない。その頃の記憶は、失敗したビンゴみたいに穴ぼこだらけになってしまっている。

少しだけ、涼しい午後だったと思う。

壁のあちこちに手すりが備え付けられていることと、シャワー台の前に背もたれ付きの椅子が置かれていることをのぞけば、どこにでもある、普通のユニットバスだった。警察の調べもとうに終わって、綺麗に清掃されていた。小さな窓から、やわらかい昼の光がさしていた。

その白いバスタブを見下ろしながら、感情のおきどころがよくわからなくて、真冬は途方に暮れた。

いつか風呂場で、このまま死んでくれたらいいのに、と一度だけ願った。その罪悪感で苦しいわけじゃないと自分では思った。ただ、風太は幸せだったんだろうかと、三十五歳まで生きて、心から笑ったり、安心したりしたことがあったんだろうか、と。ご飯を食べなさい、靴を履きなさい、ゲームをやめなさい、と指示や命令ばかりしていた。何度か、たたいてしまったこともある。そして最終的には、世話するのを放棄した。けれど、ときどきじゃれついて、一緒に笑ってくれることがあった。えへへ、えへへと笑いながら、真冬の手をとって、すりすりさすった。意味のある言葉はほとんど話さなかった。「お母さん」も「おはよう」も言えなかった。水が飲みたいときに「水」とさえ言えず、み、み、み、み、と小声で繰り返した挙句、真冬の腕を引っ張って蛇口までつれていく。それでも、なぜか外でのら猫を見ると、「まーちゃん」と家での真冬の呼び名が口をついて出た。だからたまに一緒に散歩にいくと、真冬は懸命に猫を探した。見つけるとすかさず指でさして教えた。「まーちゃん」と言ってくれるかは、実際のところ、五分五分だったけれど。

白いバスタブ。何を思ったらいいのか、見当もつかなかった。

あれから何年も過ぎて、今は少しわかる。あのときの自分は、ただ風太が死んで、ほっとしていたのだ。三十代のうちにいなくなってくれてよかった、と。自分もそうであるように、風太も歳をとる。そのことが恐ろしくてしょうがなかった。想像しようとするだけで、呼吸の仕方がわからなくなった。わたしよりはやく死んでくれた、想定よりだいぶはやめに死んでくれた、そう思っている自分が認められなくて、あのバスタブの前で途方に暮れていた。

風太の死後、母の躁と鬱のサイクルは激しくなる一方だった。さらに九州に移住した母の長姉夫婦にかわって、祖母を自宅で世話することになった。真冬の体重はあっという間に百キロを超えた。この頃の記憶はさらにあいまいで、思い出は頭の中のクローゼットの奥で、ぐちゃぐちゃにとっちらかったまま。ふいにときどき思い出すあれこれが、現実なのか、それとも夢で見たことなのか、はっきりしない。

祖母の大便を握りしめたまま泣いていたこと、母と殴り合いのケンカをして鼻血がとまらなくなったこと、ゆでてバターをからめただけのパスタをいっぺんに二キロ食べたこと、それらが現実なのか夢なのか、はっきりしないのだ。

真冬が三十八歳のときに祖母は亡くなり、その後すぐ今度は母がアルツハイマー型の認知症と診断され、まもなく施設に入れた。ようやく、真冬は身軽になった。

四十歳になっていた。

誰からも見向きもされない、太ったおばさんの体。自分に残されていたのは、それだけ。恋愛経験も、まともな職歴もない。何にもない。その辺の木や草や石ころと変わらない、いやそんなものより価値のない存在、それが自分。ほしいもの、かなえたい夢、それらがかつてあったはずだが、多分、渚や風太や遺体とともに燃えて消えた——

——はっと目を覚ますと、すっかりぬるくなった湯船の中に、鼻の下までつかっていた。慌てて起き上がったら鼻から水を吸い込んでしまったが、むせただけでおぼれずに済んだ。部屋のほうからLINE電話の着信音が聞こえ、急いで風呂から出た。かけてきたのはバイト先の春来店長だった。

「もしもし、店長?」

「あー、冬さん? 今、平気? 何してるの?」

「風呂入ってたー。パジャマが見つかりません、まだ裸」と答えながら、スピーカー設定にして、スーツケースの中を探った。

「いらない情報だなあ」と春来。「ところで、明日戻ってくるの? 休み延長する?」

春来のコンビニで働きはじめたのは約十年前、まだ母も祖母も生きていた頃だ。オーナー夫妻と知り合いだった縁で、当初は時給のいい夜勤バイトとして雇ってもらった。母が死んだらバイトはやめてきちんと就職したいと思っていたが、オーナーの妻の美穂や春来がとてもよくしてくれるのもあってなかなかやめられず、結局今も昼から夜の時間帯で、ほぼフルタイムで働いている。母を施設に入れたタイミングで店の近くにアパートも借り、春来とはご近所同士になった。そしてすっかり飲み仲間でもある。

「予定通り、明日帰りまーす。なんで、休み、延長しなくていいです」

「そうなの？　別に延長してもいいんだよ」

「いやいや、旅先で散財した分、働いて取り返さないと。あ、今ようやくパジャマ見つかりました。でもパンツがどこにもない」

「またしてもいらない情報だなあ」

それから、どうでもいい近所の噂話を少しして、春来との通話は終わった。一息ついてすぐ、再びＬＩＮＥ電話の着信音が鳴った。今度は高校時代からの唯一にして一番の親友、秋生だった。

「おー！　長野はどう？」

「最高だよ！　ご飯もおいしいし、景色もきれいだし！」

この二日間、自分が見たもの、食べたもの、買ったもの、買おうか迷って結局買わなかったもの、その一つ一つを語って聞かせた。ホテルの朝食バイキングで何を選びとり、何を選び取ろうとしてあきらめ、何を「わたしはこんなもの絶対食べない」と思ったかまで、詳しく。いつも通り、秋生はふんふんと相槌を打つだけで、黙って聞いている。高校三年で親友になって以来、ずっとそうだ。自分のどうでもいい話を、秋生はいつも静かに受け止めてくれる。

三十代の半ば、秋生が大阪で荒れた生活を送り、一方、真冬も家族の世話に追われていた一時期、互いにあまり思いやれなくて、疎遠になったこともある。去年、久々に大阪の店に遊びにいったときにいきなり理由もなく「死ね！」と追い返されたあとは、ＬＩＮＥもブロックされて完全な音信不通状態になってしまった。が、数カ月後、バイト先のコンビニまで秋生が手土産持参でやってきて、仲直りに至った。それからまもなく、秋生は真冬のアパートのすぐ隣の新築マンション一階２ＬＤＫを購入し、大阪から移り住んできた。以来、春来と春来の高校時代の元カノ夏枝、そして真冬と秋生の四人で、たびたび集まって安居酒屋で飲んだり、カラオケにいったりするようになった。

真冬が見えてもいない相手に身振り手振りで軽井沢高原教会のイルミネーションについてひとしきり語った後、ようやく秋生は口を開いた。

「余計なことを思い出して、また、苦しんでるんじゃないかと思ってさ。平気？」

これも昔と変わらない。さんざん黙ってこちらの話を聞いたあと、ふいに、図星をつくところ。

「別にーそんなことないよー」

そう答えるそばから、涙がこみあげてくる。これだってそうだ。いつも、秋生の前ではこうなってしまうのだ。あっという間に鼻が詰まって、何も言えなくなった。

「真冬？」

「……この間、おばにね、言われたの」真冬は観念して、白状しはじめた。「一周忌のこと、連絡したときにさ。もう連絡するなって言われてたんだけどね、でもなんか、しちゃったの。母の一番下の妹で、昔はわたしのことをいつも一番励ましてくれる人だった。そう、何回か、話したことあるよね。その人に昔、『みんなが死んだらあんたは自由になれるよ、だからそれまでの我慢だよ』って言われたこともあってさ」

鼻が詰まって呼吸ができない。一度「ちょっとごめん」と言ってから、鼻をかんだ。

「……それで、あの、なんだっけ……何を話そうとしてたんだっけ……ああそうだ、みどりの話だ。あの、その人、みどりっていうんだけどさ、あ、知ってる？　話したことあるっけ、ハハハ」

鼻をかんだら、なんだか急に気分が落ち着いて笑ってしまった。秋生も笑っている。

「相変わらず、情緒が無茶苦茶だな」

「そうなの、アハハ。それでね、その母の末の妹にね、『みんな死んだら自由だ』って昔言われて、それでわたしも、きっとそうなんだろうなって思って、その言葉を信じて、ずっと必死で頑張って、自分を犠牲にしてさ、家族のために生きてきたんだけど……。この間、電話で言われたんだ。『家族なんかさっさと見捨てて、自由に生きればよかったのに。あんたは若さと時間をどぶに捨てたね』って」

電話の向こうから、小さなうなり声のようなものが聞こえた。秋生が発したものなのか、何かの雑音なのかはわからなかった。

「悔しいのは」また、涙がこみあげてくる。「みどりの言ったことが、どうしても正しく思えてしまうこと。なんでわたし、家族を見捨てなかったんだろう。もっと若いときに家出して、自分のために生きなかったんだろう。もう四十過ぎだよ。何にもできないよ。取り返しのつかない失敗をしてしまった」

言葉にできたのは、そこまでだった。スマホを離して、そばにあったクッションに顔をおしつけて声をあげて泣いた。ひとしきり泣いて少し落ちついてから、スマホを手に取る。電話は切れていなかった。

気配を察したのか、「真冬?」と呼びかける声が聞こえる。

「……うん」

「俺には、どっちが正しくて、間違ってるかなんてわからないけど」

「うん」

「こっちの道に進んでよかったと思えるように、これから、生きていくしかないんだと思うよ」

秋生は今まで一度だって、「真冬は家族の面倒を見てえらいよ」なんていうような、何の役にもたたない気休めの言葉を言ったことがない。だから真冬は、秋生とどれだけひどいケンカをしても、友達をやめようと思ったことはない。

「なあ、真冬が東京に戻ったら、ついにアレやる？　みんなで予定合わせてさ。年明けに俺んちで」

「アレ？」

「そうアレ、アレだよ。前から言ってたやつ」

「ああ、アレね」

途端に、わくわくした気分がこみあげて、アハハとまた笑いがこぼれる。友達っていいなと、このところ毎日思うことを、今夜も思う。

「垣外中真冬の、ご入場です！」

春来の宣言とともに、リビングダイニングのドアがバンと開き、同時にレッド・ホット・チリ・ペッパーズの『バイ・ザ・ウェイ』が大音量で流れ出した。真冬はしずしずと歩きながら、ダイニングテーブルの横に立っている秋生のもとへ向かう。

「それでは、ご着席ください」

秋生のその言葉のあと、ドア係の春来と、秋生の愛犬トイプードルのたろうを抱いている夏枝が、ダイニングテーブルの席についた。真冬は秋生のそばに立ち、着席している二人に向き合った。

「それではこれより、垣外中真冬の一人結婚式を執りおこないます。まずは垣外中真冬本人より、一人結婚宣言の言葉を賜りたいと思います」

真冬は一度、咳ばらいをした。「皆様、新年早々、お足元がとくによくも悪くもない中、お集まりいただきまして、ありがとうございます。わたくしは母が亡くなったときから、喪が明けたら一人結婚式を挙げたいとひそかに夢見ておりました。こうして実現できて、感無量でございます。

先日、無事一周忌を終え、とうとう、このよき日を迎えることができました」

そこまで言って、真冬は一旦、口を閉じた。「生き遅れ」「売れ残り」「子供も産まないで罰当たり」。生前、母も祖母も毎日のように真冬に言いつのった。死ぬ寸前まで言っていたのだから、救いようがない。真冬は家庭を持つのも、まして子供を産んで育てるのもまっぴらごめんだとずっと思っていた。あるとき、周りから結婚をせっつかれることに嫌気がさした中国人女性が、一人結婚式を挙げた、というネットニュースを見た。これだ！　と思った。いつか絶対に自分もやろうと、そのとき心に誓ったのだ。

三人は薄笑いでこちらを見ている。が、真冬はつま先から頭のてっぺんまで、真剣そのものだった。

「……そして今、この場でわたくしは、はっきりと宣言いたします！　この先の人生、たった一人で、自由に、幸せに、やりたい放題で生きていくことをかたく誓います！」

少しの間をおいて、ぱらぱらと拍手が鳴った。三人の表情は薄笑いからあきれ顔に変化している。

「そ、それでは、この素晴らしき門出を祝して、乾杯いたしましょう」

秋生が言って、春来が慌てて冷蔵庫からビールを出し、四つのグラスに注いだ。

「真冬さん！　どうぞたった一人でお幸せに！　かんぱーい！」

四人でグラスを合わせ、全員がビールを一気飲みした。その後は特にやることもなく、いつもの飲んで食っての時間になった。

テーブルには、各々持ち寄った様々な食べ物が並んでいる。夏枝が自宅で仕込んできたタイカレーとパッタイ、春来が毎回買ってくる定食おかのの焼き鳥盛り合わせ、秋生が友達のシェフ（と本人は言っているが、多分つきあっている）に特別に作ってもらったというタンシチュー、真冬は得意のロールパンを大量に焼いて持ってきた。

「あ、そうだ。あれ、どうなったの？」夏枝がロールパンをちぎりながら春来に聞いた。

「お見合い、したんでしょ？」

春来はふてくされた顔で、串からもも肉をかじりとる。「したよ。わざわざスーツ着て、銀座まで出かけてさ。女の子と外国人ばかりの店で、二千円のパンケーキおごったよ」

春来に見合いの話を持ち込んできたのは、花丸クリーニングのおかみさんだった。真冬もその場にいて、レジを打ちながら聞き耳を立てていた。相手は三十九歳でバツイチ、二歳の子持ちという話だった。

「それで？」と夏枝。「その後は？」

「別に。即お断りされた」

「えー！」と真冬は思わず声をあげた。「なんで？ だってさあ、相手の人のほうが結婚に焦ってて超乗り気だって、おかみさんも言ってたじゃない」

「……パンケーキをさ」と春来は絞り出すように言う。「……俺が、パンケーキを、すすって食べていたのが、気持ち悪かったんだって。俺がパンケーキを、うどんみたいにさ、すすって食べていたのがさ……」

三人は互いに顔を見合わせるだけで、何も言えなかった。春来は少し嚙み合わせに問題のある顎の形状をしており、そのせいかものをすするように食べるきらいがあるのは確かだった。コンビニの若い同僚たちが「店長って、ちょっとクチャラーだよね」と陰口を言っているのを聞いたこともある。飲食の不作法は見合いの席で減点対象となりやすい、という話は真冬もしっていた。そんなことで人柄は決まらないのにと思うが、一方で、パンケーキをうどんのようにすする男と一つ屋根の下で暮らしたくない、という相手の気持ちもわからなくもなかった。

はあ、と春来は深いため息をつき、「お前らはいいよな」と三人の顔を見て恨めしそうに言う。

「何が」と夏枝。

「だって、夏っちゃんは一回結婚できたわけだろ？　中身は失敗だったとしてもさ。秋くんも一回してるし、しかもずっと恋人が途切れない。冬さんはそもそも結婚にハナから興味がない。俺は、俺は、誰よりも強く結婚願望があるし、一人でなんかいたくないのに、ちっともうまくいかない。なんでだろう？　仕事もぼろぼろだしさ。人生詰んでるよ」

それからひとしきり春来の愚痴を三人で聞いた。全くモテなかった学生時代のこと。昔、少しだけ付き合っていたコールセンター女との出会いと破局。春来と飲み仲間になって以来、千回は聞いた話。

春来が酔っぱらって会話不能になったあとは、なぜか昨年末レバノンに出国したカルロス・ゴーンの話になり、それから夏枝がオーストラリア留学時代の思い出を少し語って、そこから話題はさらに子供時代の夢のことに移り変わっていった。

「わたしはほら、家が超貧乏だったからさ」もう何個目かわからないロールパンを裂きながら、夏枝が言う。「とにもかくにも、お金持ちと結婚したかったね。玉の輿よ。でもね、今になって思うんだけど、わたし、本当はお金よりも、自由がほしかったのかもしれない。なんていうか、生きていくだけで精一杯の家庭だったから、夢も希望もちっとも持てなくて。自分の人生を少しでもマシにするためには、とにかくお金って思ってたの。でも本当にほしかったのはお金そのものじゃなく、選択肢を持てる自由だった。で、それは自分の努力だけでもどうにかなるものだった。離婚してやっと気づいたって感じ」

「なるほどね」と秋生。「俺はもう子供時代はファミコンどっぷり生活だったから、任天堂に入社してゲーム作る人になりたかったなあ。真冬は？　弁護士になりたかったんだよね？　でもそういえば理由って聞いたことなかったな」

「理由？　あのね、ウフフ」温めなおしたタンシチューを一口ほおばって、真冬は笑った。「正直、学生の頃は弁護士でも医者でもアナウンサーでも、キラキラしてる仕事ならなんでもよかったの。でもさ、昔NHKで『アリー my Love』ってドラマやってたの覚えてる？　アメリカの。あれにハマってから、弁護士になりたいって夢が大きくなった。あんなふうにバリバリ働くかっこいい女の人になりたいってなって。そのときにはもう成人してたし、とっくに手遅れだったんだけどね」

「全然遅くない。今からでも勉強してなればいいよ」夏枝が言う。「弁護士は無理でも、役に立つ難関資格はほかにもあるし」

　実際、夏枝は数年前に離婚を決意してから、独学で行政書士の資格を取得した。そのおかげで離婚後もとくに苦労せず自立し、今では自由気ままなひとり暮らしをすっかり楽しんでいる。

「うーん、でもね」と真冬は頬杖をつく。「長年、苦労したからさ。もう勉強も含め、頑張ることからは解放されたい。幸い、バブル時代に母と祖母がいい保険に入っておいてくれたおかげで、お金に余裕もできたしね。とにかくこれからは、趣味と遊びを楽しみたいな」

「いいね！」と夏枝。「何がしたいの？」

「まずは旅行だね。国内だけじゃなく、海外にいってみたい。パリでしょ、ローマでしょ、ロンドンでしょ、あーハワイもいいなあ」

　本当は、もっとやってみたいことがほかにある。誰かと、恋愛してみたい。確かに春来の言うように、結婚には一ミリも興味はない。けれど、このまま一度も誰とも相思相愛にならずに死んでいくのかと思うと、とてもさみしい気持ちになる。ドラマで見てあこがれたアリーみたいに、遊びのような真剣なような恋愛をして、泣いたり悲しんだり、そんなふうに人生を謳歌してみたい。ずっとずっと、心ひそかにある、でも誰にも言えない夢。いつかこの夢を、三人に話せるときがくるのだろうか。

春来はすっかりテーブルにつっぷして寝入っている。夏枝と秋生は二人して赤ら顔になりながら、自分の話を楽しげに聞いてくれている。友達っていいな、と最近、何度も何度も何度も思っていることを、また思う。

２０２０年　秋　第99代内閣総理大臣

Ｚｏｏｍの画面にようやく春来が現れると、夏枝が「そういえば春くんって、あれに似てるよね、あれ」としゃべりはじめた。「あれよ、あの、あれ……ガースー」

「それってこの間、総理大臣になった人？」乾杯もしていないのに、すでに何かをむしゃむしゃ食べながら真冬が聞く。「……あー、似てるかも。あの人の顎をさ、しゃくれさせた感じ？」

「しゃくれって言うな」と春来。「何？　みんなもうはじめてるの？」

「わたしはもう飲んでる」夏枝が答える。「みんな今日は何飲むの？　わたしはワイン。つまみはこの間、冬さんにもらったパンに、六花亭のバターつけて食べてる。おいしい」

「わたしはハイボールと、さっき揚げた大量のから揚げ！」

「いーねー！」と春来。「俺は親戚から送られてきた大分の地酒。つまみはいつものおかのの焼き鳥。秋くんは？　あれ？　それ、オールフリー？」

「うん、ちょっとこのあと、仕事あるからね。とりあえず乾杯しようか。かんぱーい！」

四人はそれぞれ手元のグラスをかかげた。コロナ禍がはじまって以降、たびたびこうして四人でZｏｏｍ飲みするようになった。最近は感染状況が少し落ち着いてきたのもあり、直接顔を合わせる機会も増えてきたが、平日の夜、突発的に飲みたくなったときは、Zｏｏｍ飲みのほうがてっとりばやい。

今日は秋生が三人に声をかけた。秋生はグラスに注いだノンアルコールビールを見下ろす。テーブルの上には、それだけ。

十月に入ってから、まともな食事をとっていない。食欲がわかないのだ。

「ねえねえ聞いて、夏っちゃん、この間ね」真冬が巨大なから揚げを、うまそうにほおばりながら言う。「店長の例の彼女が、店にきたんだよ」

「え？　あの、十歳年下の？」夏枝は大げさに目を見開いた。「あの、看護師で推定Hカップで清楚系で、アプリで知り合って三回目のデートで向こうから告白してくれた、高額当選宝くじみたいな彼女が？」

「そうそう、推定Hカップの。髪がきれいでかわいらしい雰囲気で、なんか、すごくモテそうな子だった。だって、彼女が店に入ってきたら、その場にいた男性のお客さんがみんなじろじろ見てたもん。ね？　店長？」

「いやいや、まあ、そんな、普通の子だよ。十歳年下っていっても、もう三十代半ばだしさ」そう答える春来の顔は、まんざらでもない、という言葉を具現化したような表情だった。「でもまあ、二人でどこかに出かけると、周囲の男たちの視線を感じるよね、いつも、常に」

「いつも、常に」と夏枝が真似して笑う。「何それ。でも、まあ、うまくいってるようで安心だよ。もう付き合って三カ月は過ぎたよね？　今後はどうするの？」

「実はさ、一緒に住もうかってことになってて、今度向こうの親に……」

「ちょっと、その話はあとで！　今日は俺、みんなに相談したいことがある！」

秋生は意を決し、会話に割り込んだ。ラップトップのモニターの向こうで、真冬はすでに二杯目のハイボールを作りはじめている。春来のポン酒のペースも上機嫌のせいかやたらはやいし、夏枝は家でワインを飲むと大抵二時間以内に寝る……というか、すでにろれつが怪しい。さっさと切り出さなければ、話をするタイミングを永遠に失ってしまう。

「何よ」と夏枝。「秋くんが相談なんて、めずらしいけど」

「うん……あの、実は俺……子供がいるらしいんだよね」

シーンと静まり返る。モニターに映る三つの顔に浮かぶ、困惑、不安、疑問。

「……それって要するに」沈黙を最初にやぶったのは、夏枝だった。「今付き合ってる人って、男だと思ってたけど、女の人だったってこと？　その人が妊娠したの？」

「いや、わたし会ったことあるもん」真冬が言った。「今の彼氏は若い男の子だよ。アレでしょ？　卵子提供受けたんでしょ？　それとも代理出産？」

「それだ！　だって秋くん、お金あるもんね。うわー！　セレブみたい」

「いやいやお前たち、酔っぱらいすぎだよ」と一番ろれつの回っていない口調で春来が言う。「よく話を聞けよ。秋くんは『子供がいるらしい』って言ったんだ。すでに生まれてるんだよ。つまり、あれだ。昔、小遣い稼ぎ目的で精子バンクに登録してて、それでできた子供が金目当てで連絡を……」

「あれってお金もらえるの？」と真冬。

「どうだろう？　需要のある精子なら大金もらえるんじゃない？」としたり顔の春来。

「需要のない精子を何リットル登録しても、もしかしたら一銭にもならないかもね。俺なんてきっと……」

「全部違う！」と秋生は一喝した。「俺、若い頃に結婚してたことがあるって、前に話したでしょ。離婚する直前、実は元妻は妊娠してて、離婚後に俺に内緒で産んでたらしいんだよ。それを今になって言ってきたわけ。十年以上、音沙汰なかったのにさ」

「なるほど、そうきたか」夏枝は腕を組んで顎に手をあてた。「でも、それって少し怪しくない？　本当に秋くんの子？」

秋生は元妻からもらった画像をスマホに表示させ、それをラップトップのカメラに向けた。すぐに真冬が「ああっ」と大声をあげた。

「高校生のときのあんたそのまんま！　疑問の入り込む余地ゼロ！」

秋生も改めて、今、中学二年生らしい我が息子、瑛太《えいた》の画像をじっと見つめる。自然にくるんとカールした髪、濃い眉、アイラインをひいたような力強い目元、薄い唇、細くて長い首、ふてくされた表情。何もかも、昔の自分とそっくり同じ。

秋生は一つ咳払いすると、ここ数日の間に自分の身に起こったできごとを、三人に淡々と説明しはじめた。

元妻の真紀《まき》を名乗る人物からツイッターのＤＭがきたのは、今から約二週間前、九月の終わりのことだ。「とにかく困っているので、直接会って話したい」と書かれていた。金の無心か、何かの勧誘か。そもそも本人なのか。いずれにしても、事情も聞かずに無視するのは、自分たちが別れた経緯を考えると良心がとがめた。なんらかのよくない話と感じたら、さっさと切り上げればいい。そう考え、さっそく翌日、彼女が今住んでいるという川口まで会いにいくことにした。

待ち合わせ場所のカフェに現れた女性は、間違いなく元妻その人だった。昔より幾分ふっくらしたが身だしなみは整っていて、見た目からは生活に困っている様子は一切なく、ひとまずほっとした。まずは互いに近況を語った。真紀は秋生のＳＮＳをずっとひそかに見ていたという、仕事のことも、三十代は大阪で暮らしていたこともしっていた。真紀自身は新卒で入った会社に今も勤めていて、去年、課長に昇進したという。あの規模の大企業で課長なら、年収は額面で一千万は超えるな、と秋生は内心でそろばんをはじいた。子供は秋生との間にできた息子のほかに娘がもう一人、その子の父親とは結婚しなかった。最近、川口市内に買った新築の戸建てに、ゴールデンレトリバー三匹とともに住んでいる。

困っているのは、息子のことだった。

「家を出て、父親のところにいきたいって、突然言い出したらしい」秋生は画面の向こうの三人に向かって言った。「じゃないと、もう勉強もしない、授業にも出ないっていきかないらしくって。学校は完全リモートだから、一応どこにいても出席はできるみたいなんだけど」

「理由は?」真冬が聞く。

「言わないらしいんだ。もうとにかく、家を出るって言ってきかないって。いわゆる思春期っていうやつのせいか、ここ一年ぐらい、コミュニケーションもうまくとれてないみたいでさ。元妻としては、何があったのか聞き出してほしいって、気持ちもあるみたい」

「そんなこと、可能?」夏枝が言った。「最近まで子供の存在すらしらなかった父親にさ。無理じゃない？　そんなドラマみたいに、うまくいかないと思うけど」

「俺もそう思うよ。でも、元妻が言うには、むす……こ……は、ずっと俺にあこがれて、わりといい感情も持ってくれてるらしいんだよ。元妻がずっと俺のことをよく言ってくれてたってのもあるみたい。俺の仕事のこともしってて、本人も、美術部で絵を描いているんだって」

「わたしは、反対だね」夏枝はきっぱりと言った。「断ったほうがいいと思う。あこがれてたっていうけど、もし、彼の中の理想像と実際の秋くんの間にギャップがあったら、どうするの？　がっかりさせちゃって、余計に問題がこじれるかも。そしたら、もう地獄だよ」

「わたしも深入りしないほうがいいと思うなあ」真冬もそう言った。「ねえ、ていうか、今思い出したけど、結婚してたとき、あんたたちって避妊してなかった？　子供はつくる気ないってずっと言ってたよね？　わたしも秋生に子供できたら遊べなくなって嫌だなあって思ってたから、覚えてるんだけど」

その通りだった。真紀は当時、避妊のためにピルを服用していたはずだった。しかし、離婚の一年ほど前から勝手にやめていたというのだ。妊娠したら家を出て一人で育てようと決めていたと言われ、秋生は驚きで言葉もなかった。

「本当の、家族がほしかったの」

川口のカフェで、とくに後ろめたそうな様子もなく、真紀はそう言い切った。

「えー！　それってそれこそ精子バンク扱いされてたってことじゃん」春来が言った。

「受精できたら用なしポイだなんて、男からしたら、恐怖だよ」

その後、一時間ほど話し合ったが、真紀の頼みはきっぱりと断り、それでもしつこくされたら弁護士に相談するなどして、第三者を介入させるべき、という結論で落ち着いた。そのままその晩のＺｏｏｍ飲みは、日付が変わる前にお開きとなった。

が、結局その後、秋生は息子をあずかることになってしまった。断るために出向いた川口の前回と同じカフェで、真紀は号泣した挙句、椅子からおりて床に座り込み、秋生の膝にすがりついてきたのだ。

やめてくれ、と何度頼んでも脚にしがみついて離れなかった。「いいって言ってくれるまで、やめない！」と真紀は店中に響く声で叫んだ。周囲の客ははじめ、こちらを興味深そうに見ていたが、やがて誰もが視線をそらした。秋生はあまりのことに呆然としつつも、この女は昔とちっとも変わってないんだと、妙にしみじみ思った。

結婚を決めた、いや、決めさせられたときと全く同じだった。場所は新宿の古い喫茶店。それまで機嫌よくクリームソーダを飲んでいたのに、真紀は突然取り乱しはじめ、「結婚してくれなきゃ死ぬ」とわめいた。そして約三時間の押し問答の末、秋生は屈して、真紀が勝手に用意していた「藤崎」の三文判で、婚姻届に押印したのだ。

自分の膝に顔をふせて泣きじゃくる真紀の後頭部には、おくれ毛ひとつなく、シニヨンがきつく結われていた。それを見ながら、過去から逃れられる人間なんていないんだ、と自分に言い聞かせるように秋生は思った。

「秋生にあこがれてて、秋生が描いたポスターとか、ポストカードとか、部屋に飾ってるの」

二度目の川口で別れ際、それまでのひどい愁嘆場が幻だったかのような晴れやかな笑顔で、真紀は言った。しかし、待ち合わせ場所の池袋駅で初対面した息子は、目を一秒も合わせず、挨拶もしなかった。家に着いてもトイプードルのたろうとはじゃれついていたが、それ以外は一切声を発せず、その日、彼が秋生に対して言ったのは、

「Wi-Fiのパスワード教えてください」

それだけだった。

けれど、怒りもいらだちもわいてこなかった。なぜならそんなふてぶてしさ全開の中二の息子は、そのまま中二の頃の自分とそっくり同じだからだ。周りの大人全員バカだと思っていた。世界で一番賢く、繊細で、センスがある人間は自分で間違いないと、心の底から信じていた。

自宅に余っている部屋はなかったが、リビングが広く、隅の二畳ほどのスペースがた

ろうのペットサークル置き場兼遊び場となっている。そこをパーテーションで仕切り、サークルは自分の寝室に移して、瑛太の生活スペースとすることにした。寝室をあけわたすことも考えたが、居心地のよさを提供して居つかれてしまったら元も子もない。真紀との間で、十一月末までという期限を一応、設けてはいる。が、友達付き合いをしていた頃から、真紀は口約束を三度に二度は破った。本人が「帰りたい」と言わない限り、この同居生活を延々と終えられない可能性は十分あった。

ところが、瑛太は狭い二畳を与えられても、文句ひとつ言わなかった。初日の晩、好物だと聞いていたオムライスを作ってやると、秋生と一緒にダイニングでおとなしく食べた。頼みもしていないのに、自分が使った皿は自分で洗った。

そんなふうにして、秋生にとって何もかも意味不明すぎる同居生活は、極めて静かに、平和にスタートした。日中、瑛太はリビングで真面目にリモート授業を受け、秋生は自室か近所のカフェか、あるいは隣の真冬のアパートを借りて仕事をした。昼は秋生が用意しておいた食事を各自別々にとり、夜はダイニングで一緒に、無言で、食べる。その後、瑛太はたろうを散歩につれていく。瑛太は皿洗いだけでなく、自分の洗濯物も自分で洗い、自分で畳み、掃除機も二畳分だけ自分でかける。

会話はない。全くといっていいほどない。

「たろうにおやつあげていいですか」

「たろうのおしっこシートどこですか」

「たろうのトリミングいつですか」

彼からの問いかけは必要最低限のみ、対してこちらからの質問は八割無視、残り二割は、

「しりません」

あるいは、

「わかりません」

のどちらかだった。

そんな日々が坦々と続き、やがて、十一月になった。

秋生は一カ月ぶりに、仲間たちに招集をかけた。

久々に直接集まろうという話も出ていたが、昨日から夏枝が熱っぽいというので、念のため、今回もリモートで行うことになった。秋生はさすがに家でやるわけにいかず、今、恋人のような恋人でないような関係でいる翼《つばさ》のアパートのリビングを借りることにした。

「夏っちゃん、平気?」またしても開始前から何かをむしゃむしゃ食べながら、真冬が聞いた。

「うん、昨日微熱があったんだけど、もう大丈夫。一応、検査もしたんだけど、陰性だった。なんかねー歳かなあ。最近疲れやすいし、週に何日かはなんだかだるくって」

そう言ったあと、夏枝はずずずっと音をたてて湯呑をすすった。今日はほうじ茶と団子を用意しての参加らしい。

「ねえ、ところで春くんは？　おーい春くーん」

数秒後「……いるよ」という低い声とともに、春来がのっそりと画面の中に現れた。

「あれ？　店長、もうできあがってる？　何飲んでるの？」

「え、ストゼロ500ミリ」そう言って、春来はそのストゼロを缶のままあおった。

そのたった数秒で、秋生は、いや秋生も含めた三人が、「こいつ、振られたな」と悟った。そんな予感はしていたのだ。彼女ができて以来、四人のグループLINEに、デート先でのツーショット画像をほぼ毎日投下していたのに、数日前からぷっつりと途絶えていたのだ。

春来は新しいストゼロをプシュッと開けながら、「ハア……」と辛気臭いため息をついた。

「……彼女、妊娠したらしいんだよ」

「え？」と三人は同時に声を発した。

「言っとくけど、俺の子じゃあねえよ。元カレのホストの子だよ」

「何それ」と夏枝。「なんでそんなことわかるの？　あんたの子かもしれ……」

「なんでって！」と春来は遮って、声を荒らげた。「ずっと俺は！　彼女に……その……拒否されてたからだよ！　『そういうことしようとすると、体が震えてくる、こわくてできない』って言うからさ、だから俺は我慢してたんだよ、ずっと！」

そこまで言って、へへっと春来は自嘲的に笑う。「……でもさ、俺にはそう言ってた陰で、実は元カレとこっそりよりを戻してて、避妊もせずにズコ……あ、いや、うん、あんまり彼女のことを、悪く言うのはよすよ。ただつまり、俺って男は、ホス狂がホストと別れたさみしさを埋めるための、暇つぶし要員でしかなかったってことさ」

その後も、春来の愚痴は延々と続いた。そのホス狂の看護師のことだけにとどまらず、以前やっていたネット婚活での失敗談、いまだに相当な痛手になっているらしい非正規社員時代の別れ話、果ては大学時代までさかのぼり、半年間アプローチし続けてようやく付き合うことができた女に半日でふられた話をし終わったところで、春来は画面から消えた。寝てしまったようだった。

「あーあ、もうだめだ、こいつ、起きねえ」夏枝が言った。「ねえ、今日は秋くん、何か話があったんじゃないの？」

そう言いつつも、夏枝はすでにテーブルの上の団子と湯呑を片付けはじめている。真冬もさっきから大あくびを連発していた。

「いや、いいよ、大したことじゃないんだ」

「そう。そういえば、あの美少年の息子くんとの同居生活はどう？」

「うん、ぼちぼちかな」

「そっか。ねえ、次は直接集まれるといいよね。年末だし、鍋とか食べたい」

それから三人で少し忘年会の話をして、まもなくお開きとなった。

秋生は近くのファミレスで時間をつぶしてくれていた翼に連絡し、その後、とぼとぼと一人で歩いて帰宅した。家に着くと瑛太はリビングでたろうと遊んでいた。「ただいま」と声をかけた父親のほうを、見もしない。

「あのさ」と声をかけようとして、のどが詰まる。結局何も言えず、自室に入った。

ベッドに座り、頭を抱える。


五日前の、晩のことだ。

瑛太はいつも通り無言で夕飯を食べたあと、たろうを散歩につれていった。そのとき、普段、絶対に肌身離さないアイフォンを、珍しくリビングのローテーブルの上に忘れていった。

もちろん、盗み見ようなんて微塵も思わなかったし、彼の私生活にそれほど興味もない。が、ちょうど秋生がそのアイフォンに気づくと同時に、画面にＬＩＮＥのメッセージが通知された。画面をロック状態にしていても、メッセージが全部表示される設定になっているようだった。
送り主の名前は「みき」。LINEは何通も連続で届いた。

何回やっても陽性になる。絶対に間違いじゃない
みきが写真を送信しました
生理二カ月きてない。調べたら、もう9週?とか過ぎてる
12週過ぎたら、手術、めっちゃ痛いし、失敗したらもう子供うめなくなるかもしれない。ねえ、どうしたらいいの?
ブロックするな
未読スルーしないでよ
明後日までに返事ないなら、お母さんに言うよ
今どこにいるの?
みきが写真を送信しました
やっぱり陽性
お願い、返事ください
怖いよ

みきがスタンプを送信しました
みきがスタンプを送信しました
みきがスタンプを送信しました

思わず秋生は、アイフォンをひっくり返した。その直後、玄関のドアが開く音がした。秋生は狼狽しながらその場を離れて台所にいき、冷凍庫を開けて冷凍餃子を出した。瑛太はたろうを抱きかかえてやってくると、とくに慌てた様子もなく、ローテーブルの上のアイフォンを手に取った。瑛太は冷凍餃子の袋を開け、フライパンに餃子を並べた。瑛太がこちらを不審げに見ていることに気づいていたが、とても目を合わせられなかった。

瑛太は、このみきという女から逃れて、ここにきたのだろうか。きっとそうだ。何かしてやるべきなのか、それとも、気づかぬふりをするべきなのか。どうしたらいいのかわからなくなって、三人に招集をかけた。が、終わってみれば、たとえ春来があんなふうになっていなくても、この話を三人には切り出せなかったような気がする。

「迷ってる場合じゃないでしょ！　はやく何かしてあげないと、手遅れになるよ！」

そんなことを、たとえば、夏枝に言われたりしたら。もう引き返せないじゃないかと、Ｚｏｏｍ飲みがはじまってから気づいた。そして春来はともかく、少なくとも夏枝と真冬は、瑛太をあずかるときとは違い、今回は積極的に介入しろと秋生に発破をかけたはずなのだ。

このまま、見て見ぬふりをして、やり過ごせば。自分の生活は何ひとつ変わらずに済む。しかし、みきと瑛太は大違いだ。二人とも、将来を棒に振りかねない。

けれど、何か一言でも、口を出したら。もう後戻りできない。父親として彼と向き合い、かかわっていくことになる。言うだけ言ってあとはしらん顔なんて、きっと許されない。そういうことから逃れ続けるために、家族も作らず生きてきたというのに。

二年前の手痛い別れのあと、秋生は我が身を振り返り、そして気づいた。子供の頃から結婚や、子供を作って誰かの父親になることが当然の目的地とされていることに違和感を持っていたのは、自分のセクシュアリティとはほとんど関係ない。家族の中で何らかの役割を演じなければならないことが、受け入れられなかったのだ。

自分の家族は、傍から見る分には完璧に理想的な家族だった。文字通り、絵に描いた家族――父は大手銀行に勤め順調に出世し、専業主婦の母は庭でたくさんの花を育て、夫婦仲はきわめて良好、子供は三人とも成績優秀、友達もたくさんいた。たまたま心身ともに優良なメンバーがそろっていたという幸運もあるだろう。しかしそれ以上に、父は父の、母は母の、姉も妹もそれぞれの役割を家庭内できちんと演じる、二十四時間常に演じきることで、保たれている完璧さだった。誰もがそのことに、その義務に、ほんの少しの疑問と不満を抱いているように見えた。それを、家族のために呑み込んでいただけ。あるとき父の自室で、父が職場の部下らしき人にあてたラブレターを見つけたことがある。「愛している」「こんなにも誰かを好きになったのは、はじめて」。身の毛のよだつような言葉が、間違いなく父の字で綴られていた。母に気づかれぬうちにと、細かくちぎってトイレに流した。家族写真にうつる妹の顔部分を、姉が黒いサインペンで塗りつぶしている姿を見かけたこともある。なぜ姉がそこまで妹を憎んでいたのか、理由は今もわからない。その写真も、あとでこっそり秋生が処分した。

秋生は女二人に挟まれた長男を演じる義務があった。甘えん坊で、でも男らしくしっかりした面もあって。自分以外の全員バカだと思っている、なんて決して口に出してはいけない。家は、あらゆる場所の中で、もっとも責任と緊張をおしつけてくるところだった。どす黒い感情をうちに隠しながら、家族を欺きながら、暮らす。

それでも誰かに愛されたい、長い人生をともに生きられる人がほしい。そう願う一方で、誰かの家族にはなりたくない。そんな矛盾に、きっと祐介は気づいていた。だから、秋生とともに歳をとる、子供を一緒に育てる、という道には進めなかったのだと、今になって思う。

そのとき、コンコンと自室のドアがノックされた。同居をはじめて以来、瑛太が秋生の部屋をノックしてきたことなど一度もない。もしかして、と考えた途端、手汗がわっと出てきた。それをジーパンで拭いながら恐る恐る出てみると、瑛太はたろうを抱え、不満げな顔をして立っていた。

「毛が目に入りそうになってる。はやくトリミングしたほうがいいです」

「今週末、よ、予約してあるから」

瑛太は返事もなく、無言で背を向ける。秋生はそっと音をたてないようにドアを閉め、ほっと息をついた。

瑛太に直接、相談されたわけじゃない、と自分に言い聞かせる。なぜ何もしてくれなかったの、と真紀に責められることもないはずだ。このまま何も見なかったことにすれば。あのローテーブルの上に忘れられたアイフォンに、気づかなかったことにすれば。

Ｚｏｏｍ飲みの翌日も、瑛太はとくに変わった様子もなく、普段通り、おとなしくリモート授業を受けていた。夕方、ベランダに出て誰かと電話で話していたが、笑顔が見えたので深刻な話はしていないようだった。そして夜は、いつもの時間にたろうを散歩につれていった。

秋生は何度も、心の中で「よし」と気合を入れ、瑛太に声をかけようとした。「アイフォンの通知を偶然見てしまった」と言おうとしたのだ。やはりどうしても、このまま見過ごすのは良心が痛んだ。けれど、言えなかった。言葉が、のどの途中でなぜかひっかかる。

翌々日も、何事もなく過ぎた。しかしその晩、久々に姉の夢を見た。朝起きてすぐ、嫌な予感がする、と思った。

その日も秋生は自室で仕事をしていた。なかなか集中できないので何か甘いものでも食べようと部屋を出ると、玄関で靴を履いている瑛太と出くわした。

昼の二時過ぎ。授業中のはずだ。

瑛太の顔つきはいつもと変わらないようにも見えたし、いつもと全く違うようにも見えた。みきのＬＩＮＥを見てから、ちょうど一週間がたっていた。そして今、何かが起ころうとしていて、この場に出くわしてしまったからには、その〝何か〟からはもう逃げられないのだと、秋生はそのとき、唐突に悟った。

「どこへいくんだ」

そう聞いた。この言葉でさらに一歩、後戻りできない道を先に進んだ。

するとうつむく瑛太の顔が、まるで火にあぶられたかのように赤くぐんにゃりとゆがんだ。瑛太は右足のナイキを履こうとしてかかとに指を入れた姿勢のまま、泣き出した。

「いかなきゃいけないところがある」

そしてとぎれとぎれの声で、そう言った。理由を今、聞かなくてもいい。秋生は自分に言い聞かせる。そもそもそれはきっと、自分の役目じゃない。

「どこなんだ。都内か？」

そう聞くと、瑛太はうなずいた。

「北千住……の近く」

頭の中に電車の路線図を浮かべる。ここからだと最低でも二回の乗り換えが必要だ。いまの時間ならタクシーのほうがはやいかもしれない。

「ちょっと待って、ここで待ってて、一人でいかないで」

瑛太の腕をきつくつかみ、言い聞かせるように言うと、自室に戻って急いで出かける身支度をした。瑛太がマスクをつけ忘れていたので、彼の分のマスクも持った。玄関に戻ると瑛太は言われた通り、おとなしく立って待っていた。もう泣いてはいなかった。

マンションを出ながら、春来に電話した。ちょうど店の事務所で仕事をしていたらしく、駅前のタクシー乗り場の混雑具合を見てくれと頼むと、「ちょっと並んでいる」という答えが返ってきた。駅前に着くと、タクシー乗り場のすぐ横で、コンビニの制服を着た真冬が、お茶のペットボトルを持って心配そうな顔で立っていた。

「店長から、はい、これ、飲んで。ねえ、なんか切羽詰まってそうな話し声だったたって言ってたけど、何かあったの？」

そう言いながら瑛太をちらっと見ると、こちらの答えを待たず、店に戻ってポカリスウェットのペットボトルを持ってきた。

「若い人はこっちのほうがいいでしょ、ね？」

「ありがとうございます」

瑛太はきちんと礼を言い、頭をぺこりと下げた。

タクシーにはすんなり乗ることができ、道も空いていた。車内では一つも言葉を交わさなかった。四十分ほどで北千住駅前に着いた。そこからさらに瑛太がLINEで相手とやりとりしながらタクシーを誘導して、やがて古いアパートの前にたどり着いた。

築四十年はたっていそうな、いわゆるボロアパートだった。「ここの二階の角部屋らしい」と瑛太は言った。瑛太の後に続いて、鉄骨の階段を上る。この手の建物に足を踏み入れるのは、もしかすると生まれてはじめてかもしれない、と秋生は思う。俺は恵まれた人生を歩んできたのだな、と今更ながら気づく自分に少しあきれる。アパートの裏には狭い駐車場があり、缶やペットボトルなどのゴミがあちこちに転がっていた。

二階の角部屋。インターホンを押す。

しばらくの間をおいて、青白い顔をしたTシャツ短パン姿の若い女が出てきた。痩せているが、ずいぶん背が高い。百七十五センチの秋生と、目線の高さはほとんど同じ。十代後半か、二十歳前後に見える。

女は秋生の顔を見てもとくに何の反応もなく、二人を家の中に招き入れた。入ってすぐのところに台所と狭いダイニング、襖で仕切られた部屋が二部屋。流しは食べ物のこびりついた食器やインスタント食品の空容器であふれかえり、床にもゴミが散らばっている。女は片方の部屋に入っていくと、畳の上で寝転がって猫みたいに丸くなった。

瑛太が女に、何があったのか問いただす。女は、昼過ぎに大量に不正出血があり、慌てて救急車を呼んだが、歩行できるかと問われて素直にできると答えたところ、自力で病院にいくように言われてしまったという内容のことを、もたもたと子供みたいな要領の得ない話し方でしゃべった。

「でももう今は、少し、お腹痛いだけだから、大丈夫」

女はそう言うと、黙りこんで目を閉じた。瑛太は困ったように秋生を見た。秋生は少し迷ったあと、夏枝に電話をかけた。

「うーん。流産してるのは間違いないと思う」夏枝は言った。「ちょっと待って、今ね、上司いないから、ちょっと調べるわ。いったん切る」

夏枝のことだから調べがつくのはすぐだろうと思ったが、なかなか電話は鳴らなかった。その間、秋生も瑛太もなすすべなく、じっとその場に立って待っていた。十分ほどして、ようやく折り返しの電話があった。

「ごめんね。あの、そっちの近くにいい婦人科がないか、探してたの。一件、いいところ見つけたよ。今日診て、必要なら処置も可能って言ってたから、そこにいってみて。あのね、普通の初期流産なら、痛みとかないのであればそのまま安静にしているだけでもいいみたいだけど、週数わからないし、やっぱりすぐ診てもらったほうがいいみたい」

さすが、という言葉を飲み込み、とりあえず礼を言って電話を切った。もし自分の仕事量が今の三倍になり、アシスタントを雇う必要が出てきた際は、ぜひ夏枝に頼みたいと秋生は常日頃から思っている。

さっきもらったタクシーの領収書を財布から出し、記載された番号にかけ、配車を依頼した。その後、女を着替えさせ、やがてきたタクシーに三人で乗り込んだ。クリニックは車で五分ほどの場所にあった。女は案外しっかりしていて、タクシーを降りると秋生と向き合い、

「あとは一人で大丈夫です。ありがとうございました」

と言って、頭を下げた。

夕空は、信じられないほど美しかった。

秋生と瑛太はクリニックのある歩道沿いの白いガードレールにもたれるように立ち、それを静かに見ていた。青とオレンジのまだら模様の空に散らばる、とぎれとぎれの秋

の雲は、巨大な鳥の群れのように見えた。

瑛太はいつも通り、ずっと無言だった。マスクで半分顔が隠れてしまっているので、表情もよくわからない。何かを言ってやるべきなのか、それとも、何も言わずにいるべきか、秋生はまたしても逡巡する。

何かを言ったら、この子の心にさらに一歩、踏み込むことになる。逆にここで何も言わないことで、ぎりぎりの距離を保てる。そのほうが、瑛太のためにも、いや真紀を含めた全員にとっていい気がした。俺たちは家族じゃない。元の他人に戻るべきだ。

ふいに瑛太が手をこすりあわせて、もぞもぞしはじめた。何かをためらい、そのためらいの壁を乗り越えようとするような、しぐさ。

やがて、「あの……」と切り出した。

「助けてくれて、ありがとうございます」

瑛太は言った。そして、秋生の目を見つめる。

「今度、自分の絵を見てほしいんだけど」

一瞬、頭の中が真っ白になった。その次に、自分の愚かしさと浅ましさにとても恥ずかしい気持ちになって、思わず顔を、上に向けた。

空に広がる鳥の群れはどんどん広がる。西に広がるオレンジはさっきより濃くなって、ぐつぐつと煮えたぎる溶鉱炉のようだ。

「あの、うん、いいよ」

かすれた声で、そう答えた。それから、ふーっと鼻から息を吐き出した。ためらいの壁を乗り越えるために。

「あの、君さ、今日はよくやったよ」秋生はようやく言った。「たとえ時期が遅くなってしまったんだとしても、きちんと困難に立ち向かおうとしたことは、よかったと思うよ。一度目をそらして逃げてしまうと、そういう癖がついてしまうから」

瑛太は返事もなく、顔を横に向けた。それきり、また無言になった。

女は二時間ほどで戻ってきた。マスクを顎まで下げていて、さっきよりだいぶ顔色がよくなっているのがわかった。

再びタクシーを呼び、女のアパートに向かった。部屋の明りがともっていた。女はそれを見上げ、「お父さん、帰ってきてる」と言った。

「お母さんは？」秋生は聞いた。

女は無言で首を振った。

「お父さんと二人暮らし？」

そう聞くと、女はあいまいに首を傾けた。

「とにかく、一緒にいくよ」秋生は言った。

三人で階段をあがる。ドアは施錠されていなかった。女は玄関から父を呼んだ。現れた男は完全に目が据わっていて、何を話しても無駄だとすぐにわかった。が、それでも秋生は男に経緯を説明した。自分は瑛太の父親だと自己紹介した。しかし、やっぱり何もかも無駄で、男は「なんだかわかんねえけど、金はあんたが払ってくれたんならいいよ」と言って、秋生と瑛太を外においやると、ドアを強引に閉めてしまった。

知らぬ間に、あたりは真っ暗で、月も出ていない。秋の虫がうるさいぐらいに鳴いていた。

「え？　なんだよ、それ」

新宿の喫茶店で、秋生は思わず大きな声を出してしまった。

「女の子に泣いて頼まれちゃうと、つい手を差し伸べちゃうところ、誰に似たんだろうね」

真紀はアイスコーヒーのストローをくるくる回しながら、そう言って舌を出した。秋生は瑛太の顔、とくにはじめて対面したときの暗い顔つきを思い返し、同情心で胸が痛くなった。

あのボロアパートに住んでいた女は十九歳のフリーターで、瑛太とはオンラインゲームを通して知り合ったという。瑛太いわく二度ほど二人きりで会ったが、体の関係があったわけではないらしい。

瑛太はあるとき女から妊娠の相談を受け、助けてほしいと懇願された。当然、自分には何もできないと断ったが相手は聞く耳を持たず、それどころか、助けてくれないなら家におしかけて瑛太の子だとお母さんに言いつけると脅してきた。会ったときに女の誘導尋問にひっかかり、うっかり住所と学校名を教えてしまっていたという。それでどうしたらいいのかわからなくなって、秋生のところに逃れてきた、というのが真相らしい。

「彼女の話が本当なら、いろいろ大変ではあるみたい。お母さんが出ていっちゃって、ずっとお父さんと二人なんだって。でも、十九歳だから、自分でどうにかしなきゃね」

真紀はそう言って、唇をきゅっと引き結ぶ。その顔を見て、秋生はふと思い出す。真紀は子供時代、家庭の事情で施設にあずけられていたことがある。本人が語りたがらないので、詳しいことは秋生もしらない。

「瑛太には、かかわるのはもうよしなさいって言ってある。もし助けを求められたら、自分でなんとかかせず大人に相談しなさいって。わたしって冷たいかな?」

「いや、それでいいと思うよ」

秋生はそう言った。

そこで会話は途絶えた。瑛太のこと以外、とくに話すことはない。そもそも、電話やLINEで済む話を、なぜ真紀は呼び出してまでしたのだろうと、秋生は広い店内を見渡しながら考える。

店は、昭和レトロな雰囲気で満ち満ちていた。赤いベルベット地のソファと、静かに流れるクラシック音楽。コロナ禍で今は空いているが、以前は週末になると行列ができるほどの人気店だったのだという。この雰囲気が、いわゆる〝映え〟らしい。現に隣の席では若い女の子が、テーブルに置いたパンケーキとクリームソーダを何度も角度を変えながら、延々とスマホで撮影していた。

「ねえ、この店、覚えてない？」ふいに、真紀はいたずらっぽい笑顔になって聞いた。

「え？　きたことあるっけ……あ！」

「わたしが秋生に、『結婚してくれなきゃ死ぬ』って泣きついた場所、ここだよ」

思い出した。このソファ生地の手触り。テーブルの向かいで真紀が大声でわめきちらす間、秋生はこのベルベット地のソファに爪を食い込ませて、時間よはやく過ぎろ、とひたすら念じていたのだ。

「どの席に座ってたっけ？」秋生は聞いた。「あ、あっちの席じゃない？」

「どうだろう？　わたしたち、喫煙席に座ってなかった？　でも今は全席禁煙だし、レイアウトも変わってるかもね」

「そうかあ」秋生は呆然とあたりを見回した。「なんだかつい数年前のできごとのように感じるけど、もうあれから二十年もたってるんだな。俺もおっさんになるわけだ」

そこまで言って、秋生はしみじみとため息をつく。「あれから、いろんなことがあったなあ。マジで、いろいろありすぎなぐらい、いろいろあったな」

「今更だけど、あのときはごめんなさい」

そう言って、真紀はぺこりと頭を下げた。

「なんだよ、急に」

「どうしても、自分の家族がほしかったの。そのために、秋生のことを利用したの。本当に今更の今更すぎるけど、ごめんなさい」

今度はテーブルに手をつき、しっかりと頭を下げた。後頭部には今日も、きちんと結われたシニヨン。

マジで今更すぎるよ、何百年前の話だよと思ったが、秋生は口にしなかった。そんな文句もまた、今更すぎる。かわりに「なんで俺だったの？」と聞いた。

「だって真紀は理系だったし、周りに男はほかにいっぱいいたじゃん。俺よりもっといいところに就職できた、真面目で結婚向きなヤツを選んでいれば、今頃まっとうな家庭を築いてたんじゃないの？」

「うーん」と真紀は顎に手を添える。「結局のところわたしも、まっとうな家庭ってやつを築く自信がなかったのね。秋生がわたしの割れ鍋の、とじ蓋に見えたのかもしれない」

秋生は思わずふふっと笑った。俺たち二人とも、不良品だしな。

「でもね、本当に心から、わたしは思ってたんだよ。結婚するなら、この人しかいないって。ほかの人じゃなくて、この人がいいって」

当時、真紀が何度も言っていたセリフが、脳裏によみがえる——あなたじゃなきゃ、ダメなの。

「あのね」と真紀は改まったように背筋を伸ばした。「これからも、瑛太と会ってほしいの」

秋生はなんと答えたらいいのか、わからなかった。真紀は秋生の心中を見透かしたように、小さく一度、うなずいた。

「別に、父親としての責任なんてとってくれなくてもいいし、お金も何にもいらない。父親と息子としてじゃなくても、友達でも知り合いでも師匠と弟子でも、呼び方なんてなんでもいいから、このまま途切れさせないで。ゆるくつながっていてほしい」

そこまで言って、ストローをくるくる回し、またいたずらっぽい笑顔になる。

「そういう家族があってもいいんじゃない？」

秋生はやっぱり、何も言えずに黙り続けていた。

御苑で友人が待っているという真紀と、店の前で別れた。そのまま秋生はビックロに向かって歩き出した。真冬から、ヒートテックとウルトラライトダウンを買ってきてほしいと頼まれていたのだ。去年より七キロも太ってしまい、手持ちのものが着られなくなったらしい。

当然だが、店内はコロナ禍前と比べるとかなり空いていた。とくに外国人観光客が皆無である影響が大きいようだ。買い物を終えると新宿通りに面した出口から外に出て、新宿駅方面に向かって歩き出した。

通りの向かいにある紀伊國屋書店が真横に見えたところで、秋生は足を止めた。

ここだ、と思った。

まさにこの地点で、あのとき、ひろさんとすれ違ったのだ。

確か自分は二十歳、九〇年代半ば、季節は冬、新宿の街はフェミ男とコギャルであふれかえっていた。秋生も寒風吹きすさぶ中、下敷きみたいにぺったんこだった腹を出して歩いていた。

腹を出していたこと以外、自分の服装はまるきり覚えていない。が、ひろさんの姿はまるで昨日見かけたばかりのように、鮮明に記憶に残っている。黒いライダースにリーバイス501、足元はトレードマークのニューバランス。確かレイバンのサングラスを頭にのせていて……そしてその顔は、笑顔だった。

横に並んで歩く妊婦は坊主頭で、両耳に大量のピアスをぶらさげていた。彼女と視線を合わせ、幸せそうに笑っていた。口元でかがやくひろさんの白い歯を覚えている。あの笑顔は、偽物だったのだろうか。

あのとき秋生はひろさんのことを、ただ妊婦と一緒にベビーカーを押して歩いているというだけで、牢獄の中にいる囚人のように感じたのだ。社会からつまはじきにされないために、家庭という牢獄にみずからとらわれていった男。勝手にそんなふうに思って、同情し、共感し、そして、自分も同じ道を進むしかないのだと悟った。

でも、本当にそうだったのだろうか。なぜひろさんを、囚人だと決めつけてしまったのか。ひろさんなりの家庭を築いて、楽しく生きていたのかもしれないのに。

家庭や家族への幻想、思い込みにとらわれて、身動きできなくなっていたかつての自分を思う。真紀のことは好きだった。恋愛とは違うかもしれないが、そもそも恋愛感情なんていまだに何であるのかよくわからない。真紀と一緒に、自分たちなりの家族をつくることだって、できたのかもしれない。もっと互いに向き合い、もっと話し合いを重ねていたら。そうしていたら、今頃どうなっていただろう。瑛太の成長をそばで見守る日々は、何を自分にもたらしてくれたのだろう。

どんなかたちであっても、真紀は自分とともに生きたいと、あのとき、あの喫茶店で、真剣に願ってくれたのだ。そんな人は、後にも先にも真紀一人だけだ。もっと大切にできていたら、今頃。

後悔したって、もう取り返しはつかないな……そう独り言をつぶやくように思い、再び歩き出す。そのとき、ポケットの中のスマホが続けて三回、震えた。

瑛太からのLINEだった。開くとメッセージはなく、画像が三枚のみ。

本人が描いた絵のようだ。一枚目は石膏像の鉛筆デッサンで、二枚目と三枚目は水彩画。片方はおそらく自画像、もう片方は、夕空の下にたたずむ二人の男性の姿を描いたものだった。空には鳥の群れみたいなうろこ雲が広がっている。

一見うまく描いているが、プロの目から見ればおそまつもいいところで、とても美大の入試を受けられるレベルじゃない。ダメ出しをするだけでも二時間はかかるだろう。

LINEのメッセージでは、とても伝え切れない。

あとでこのくそ生意気な弟子に電話して、いつ会えるか聞かなければ、と思いながら、秋生は2020年晩秋の新宿の街を見渡した。誰もが顔にマスクを張りつけて、暗い目をして歩いている。

2021年　夏　車いすバスケ界の流川楓

枕元でスマホが振動している。もう何度目かわからない。部屋は温室のような蒸し暑さだったが、エアコンのリモコンを探す力さえ、わいてこない。

スマホが止まった。数秒後、再び震えはじめた。耳元で鳴るブーンブーンという音は、子供の頃によく聞いたショウジョウバエの羽音を思い出させる。さっき、今日は休みます、とメールしたのに、と夏枝は考える、考えるだけで心底、疲れる。目から涙が一粒ぽろんとこぼれ落ちて、枕にしみていく。

離婚してから今年のはじめまで、夏枝はとても幸せだった。それはもう、人生でまたとないと思えるほどに。

2018年、年明け早々タワーマンションの抽選に外れたあと、元夫の宏昌は二度とタワマンに住みたいとは言わなくなった。また闇カジノにはまりだしたのかもしれないし、女ができたのかもしれなかったが、もはや夏枝にとってはどうでもいいことだった。

少し前から宏昌に内緒で、離婚と自立を目指し、行政書士の資格取得の勉強をはじめていたからだ。オーストラリア留学時代に知り合った年上の友人が、帰国後すぐに資格を取り、数年前に事務所を開業していた。英語力を活かし、在日外国人の案件を多く抱えて繁盛しているようだった。彼女に離婚の相談をしたら、資格を取ったら正社員として雇用してもいいと言ってもらえたのだ。

試験は十一月。その三カ月前にパート社員として入社して、実務も覚えはじめた。その頃には夫婦仲は完全に冷え切っていて、宏昌はこちらのことに全く無関心だった。そもそもほとんど家に帰ってこなかった。

そして、タワマン落選から一年経った2019年一月末、無事試験に一発合格、正社員として正式に採用された。

何事にも慎重を期する夏枝は、最低でも半年は様子を見て、このまま続けていけると自信をもって判断できるまでは、離婚しないつもりだった。離婚を申し出ても、すんなりとことは運ばないことは容易に想像できた。宏昌はエリート人脈を活かして、腕のいい弁護士を雇うかもしれない。何かしら理由をつけてこちらが慰謝料請求される可能性だって、大いにある。いざというときのために、できるだけ貯金をしておきたかったし、新しい住まいもゆっくり探したかった。

正社員となって二カ月弱の2019年春のある晩、めずらしく宏昌が「今から帰る」

とLINEしてきた。

夜十時過ぎ、玄関のドアが開く音がした。しかしその後、物音が途絶えた。様子を見に廊下に出ると、宏昌は靴を履いたまま、ぼんやりとした顔つきでその場に立っていた。そして次の瞬間、「別れてください」と叫ぶように言って土下座した。

そのとき夏枝が思ったのは「なぜ?」でも「今頃?」でもなく、「頭頂部の髪の毛が増えている」だった。

植毛か、いや薬を飲んだだか。

女だ。

夏枝は離婚を拒否した。一か八かの賭けだった。この勝負に見事競り勝ち、最終的に元夫が提示した慰謝料は、八百万円まで積みあがった。

離婚が成立したのは、七月はじめ。慰謝料の一部を頭金にして、思い切ってマンションを買った。2DKの中古。購入してすぐ、二つの部屋の間の壁を撤去するリフォーム工事を施し、かなりゆとりのある1DKにした。職場まで少し距離があるが、春来と秋生と真冬、全員の住まいまで電車で一駅、頑張れば歩いてもいける。何より離婚前、夜中によく歩き回っていたあの大きな公園がほど近いというのが、決め手になった。ついでに四十歳ではじめての子を妊娠した妹に、高級ブランドのベビーカーもプレゼントした。

入居日が決まり、新居に荷物をすべて運び入れ、三人の協力を得ながら片付けを済ませたあとに迎えた、最初の朝。奮発して買ったテンピュールのベッドから抜けると、はだしのまま、まだきれいなベランダにおりたった。

雲一つないすっきりと晴れた秋の朝の空だった。あまりの美しさに、大げさではなく涙がこぼれた。

その日は休みをとっていたので、ピカピカのキッチンで弁当をこしらえ、公園まで散歩に出かけた。

木々は秋の色に染まっていた。足下でかりかりと鳴る落ち葉の音に耳を澄ませながら、ジョギングコースをゆっくり歩いた。平日の昼間でも、人は多かった。何匹もの犬をつれているおじいさん、昔の刑事ドラマのオープニングみたいに横一列に並んで歩く妊婦四人、視覚障害者ランナーとその伴走者。公園中央の銀杏並木を背景に、若いカップルがウエディングフォトの撮影をしていた。その横を通り過ぎ、芝生広場までさらに歩いて、金色に輝く大きな銀杏のそばにやってくると、ビニールシートをしき、弁当を広げた。

中身はだし巻き卵のサンドイッチとウインナー、ブロッコリー。サンドイッチのレシピは真冬直伝だ。味付けは白だしのみ、卵をふわっとさせるためにマヨネーズを入れるのと、パンにマスタードを多めに塗るのがコツらしい。

一口食べて、思わず「うまっ」と声に出してしまう。ふわふわの卵は、かみしめるとじゅわっとだしがあふれた。そして確かに、マスタードがいい仕事をしている。

芝生広場には、夏枝と同じようにシートを広げて食事をとっているグループが何組もいた。一人でいるのは夏枝だけ。腕をつきあげて伸びをしながら、秋の空を仰ぐ。「今日だけは紫外線のことは忘れよう」と心の中で独り言を言いつつ、シートの上で大の字になった。

ソーダ水色の空を、黒くて小さな鳥が三羽、三角形のフォーメーションで斜めにつっきっていく。

なんて。

なんて、幸せなんだろう。

一人で寝て一人で起きて、自分のためだけにご飯を作って、美しい景色をながめながら、一人きりで、ゆっくり食べて過ごす。今思えば結婚していた頃だって、ほとんどの時間、一人きりで過ごしていた。けれど、互いに殺したいほど憎みあっていた元夫の金で借りた家で、元夫の行動や言動を常に警戒し、元夫がいない間も、元夫の匂いや気配——それはたとえば、リビングに転がっている靴下の片方、中途半端に閉じられた歯磨き粉のふた、クッションにひっついている縮れ毛などから発せられている——を感じながら暮らす日々は、とても息苦しく、屈辱的なものだった。そしてその息苦しさは、海抜ゼロメートルの場所に建つボロ家で、家族五人で暮らしていたときのそれと、ほとんど同じだった気もする。

母は何をするのにも金の心配ばかりしていた。髪の毛をむすぶゴムが切れたと言っただけで、それを買うためにいくらかかり、そのために何時間労働しなければならないか言い募った。食事するときも着替えるときも寝るときも、二十四時間つねに誰かがそばにいることも苦痛だった。思春期の頃は、とくに兄の視線が嫌だった。だから大学生になると、夏枝はすぐに家を出た。大学は成績優秀者の授業料を免除する制度のあるところを選んだ。それでも生活は苦しく、クラブのバニーガールをやったり、ガールズバーで働いたりしたこともある。友達にすすめられてデリヘルもやったが、性的サービスよりは酒をしこたま飲むほうが自分には向いていると気づいて、一日でやめた。

けれどそんな貧乏暮らしも、ボロ家にいた頃よりはずっと楽しく、幸せだった。何よりはじめて得た自由がうれしかった。その後に就職して社会人になり、さらに会社をやめてオーストラリアにいたときも、苦労もあったが充実していた。

帰国後は希望の職に就けず、契約社員として働きはじめた。やがて、三十歳に近づき結婚を意識した途端、いや、結婚という手段で自分の社会階級を上昇させようともくろみだした途端、再び息苦しい人生がはじまったのだと、離婚した今、改めて思う。

目を閉じて、すんだ風を深く吸う。草と、食べ物の匂い。どこか遠くで、小さな子供の泣き声がする。

――中絶して、よかったなあ。

本当によかった。離婚してから、ほとんど毎日のように思っている。手術前後は、もしかしたらいつか後悔することになるかもしれない、と不安な気持ちに揺れることもあった。今でも、あのときの子はどんな子になったのだろう、とふいに考えてしまうときがある。けれど、やっぱり。産まなくてよかった。自分にとってはそれがベストだった。

目を開ける。

今度はさっきとは別の方向から、カラスがあわ、あわ、あわと鳴きながら、空を斜めに渡っていく。

――こんなこと、人には言えないけれど。

たとえば事務所の所長の良子《りょうこ》や副所長の聖子《せいこ》には、死んだって言えない。二人とも二十代で結婚し二人以上の子供を産み育て、バリバリのワーママである自分に誇りを強くもっている。

そのときスマホがブブっと振動した。ＬＩＮＥのメッセージだった。

レモンと洋ナシのジャム作ったんだけど、いる?

メッセージを返さず、そのままＬＩＮＥ電話をかけた。真冬はすぐに出た。

「冬さん、何してるの？　今日休み？」

「休みじゃないよ。店長に頼まれて、今日は遅番なの。夏っちゃん、何してるの？」

「公園で一人ピクニック。あのさあ、今ね、一人でご飯食べて、それからちょっと芝生の上でごろごろしながら、やっぱりわたし、中絶してよかったなあって思ってたの」

「何それ、藪から棒に」

へへっと夏枝は笑った。「だって、本当にそう思ってたの」

「まあね、産んでたら、今頃大変だったろうね。あ、今ね、秋生んちのたろうあずかってて、散歩にいくところなの。そっちに合流しようかな。ジャムもついでに持ってくよ。いるでしょ？」

「いる！　うん、きてきて！」

電話を切り、再び寝転がる――こんな話をできる友達が近くにいてくれて、わたしは幸せ者だ。これから先の人生は、今日のこの青空のようにずっと晴れ模様。そうに決まっている。

雨雲は、思いのほかはやく、やってきた。

行政書士の仕事は、几帳面で事務仕事が得意な夏枝にはとても合っていた。事務所は繁盛していたし、給料もほかよりよかった。ただ一つ、副所長の聖子の存在が気がかりといえば、そうだった。

パート社員として働きはじめた頃は過剰とも思えるほど親切だった彼女は、あるときから突然、態度がそっけなくなった。聖子は無資格で働いている。何度か試験にチャレンジしたものの、うまくいかなかったようだ。一発であっさり合格した自分におもしろくない感情を持っても無理もない、と夏枝は考えることにした。あからさまな意地悪をされるわけではない。挨拶を無視したり、みんなで会話をしていても、夏枝だけその場にいないかのような態度をとったり、お菓子配りも夏枝だけスキップしたり、その程度。この手のふるまいをする人は、どの職場にも一人ぐらいはいるものだ。気にするだけ無駄、無意味。

半年たっても、一年たっても、聖子の態度は変わらなかった。夏枝は気づいていないふりをし続けた――相手のふるまいにも、自分は本当は、少しずつ傷ついているということにも。次第に出社するのがおっくうになっていった。いつも休日が待ち遠しくて仕方なかったが、いざ休日がきても、週明けのことばかり考えて気が重いままということも増えた。しかしそんな自分にも、夏枝はまっすぐ向き合わなかった。

コロナ禍となってからは週半分リモート勤務となり、それは夏枝にとって僥倖と思えたが、実際はその逆だった。出社する人数が半分になった分、所内に聖子と二人だけの時間が多くなった。

聖子が出社してきて、事務所に夏枝しかいないとわかると、彼女はあからさまに嫌そうな顔をした。わざと見せつけているようでもあった。そして業務中は、しつこいぐらいため息をつく。それだけといえばそれだけだったが、聖子と二人きりでいると、下腹部がきりきり痛んで吐きそうになった。生理周期が乱れ、不正出血も増えた。コロナに感染したわけでもないのに微熱も続いた。見かねた良子に婦人科にかかるように言われ、彼女のかかりつけのクリニックを紹介されて受診した。そこで卵巣嚢腫がかなり大きくなっていて、卵巣を摘出するしかないと言われた。それが、今年、二〇二一年のはじめのこと。

コロナ禍での見舞い禁止の入院生活は、とても過酷だと聞かされていた。けれど実際はじまってみれば、出社しなくてもいいという安心からか、精神状態はずっと安定していた。春来たちがマメに連絡をくれたのも助かった。

退院後、職場に復帰すると、どういうわけか聖子の態度がやや軟化していた。コロナ関連の給付金業務が増えて、良子が新たに二名の有資格者を雇ったが、そのうちの一人が気に入らず、ターゲットを移し替えたらしかった。しかし、ほっとしたのもつかの間、復帰して二カ月もしないうちに、術前とは違う体調不良の症状が出はじめた。

朝、起きられない。仕事をしていても、すぐに集中力が切れる。めまい。体のほてり。

気分の落ち込み。食欲不振と、入れ違いでやってくる過剰な食欲。日に日に症状が悪化し、業務中のケアレスミスが激増した。

そして先週、ついに損害賠償級のミスをやらかしてしまった。大口顧客のオフィス開業に伴う許可要件を間違えたまま申請業務を終えてしまい、許認可が大幅に遅れる見込みとなってしまったのだ。

本来の自分なら、絶対におかさないミスだった。発覚した翌日、出社時間になってもベッドから抜けられなかった。体が墓石にでもなったみたいに重く、スマホを手に持つことすら重労働のように感じた。なんとか力を振り絞り、良子に欠勤連絡のメールを送った。「休みます。明日はいきます」。それだけの文章を打ち込むのに、一時間ぐらいかかったような感覚だった。

それからずっと、出社していない。

枕元でブーンブーンとスマホが振動する。

体中が脂汗でぬるぬるしている。死んでしまいそうなほど暑い。体のほてりのせいか、あるいは単に気温が高いだけなのか、判断がつかなかった。

体を反転させ、異様に重たいスマホを持ち上げ、ようやく電話に出た。途端に、良子の「ちょっと、夏っちゃん!」というキンキン声が響き、こめかみをぎゅっとしめつけられたように感じる。なぜか涙がこぼれる。

「大丈夫なの？　昨日のメールも、一昨日のメールにも、『明日にはいけます』って書いてあるけど、全然くる気配ないじゃない。明日も絶対無理でしょ」

「……すみません」

「謝る必要なんてないの！　別に怒ってるわけじゃないんだから。病み上がりなんだし。とにかくはやく病院にいきなさいよ」

　そこまで言うと、良子はためらうように数秒黙った。

「……あのね、聖子とも話したんだけど、夏っちゃんの症状は、更年期障害だと思うよ。卵巣をとると、女性ホルモンが分泌されなくなって、更年期の症状が出やすいんだって。もう夏っちゃんも四十六だし、ちょっとはやいといえばそうだけど、でも、そういう時期だよ。それに、聖子とも話してたんだけどね」

　聖子、聖子とうるさいなと思う。どうしてこんなに気分の悪いときに、世界一気分の悪くなる名前を連呼されなければならないのか。

「夏っちゃんはさ、ほら、子供を産んでないから。そういう人は、更年期の症状出やすいっていうし」

　一瞬、そのまま何も言わずに電話を切ってしまおうかと思ったが、歯を食いしばってこらえた。涙がまた、こみあげてくる。何の涙なのか、自分でもわからない。

「とにかくね、うちは問題ないから、もしアレだったら、少し、また休職したらどう？」

「わかりました」

言えたのはそれだけだった。もしほかに一つでも言葉を発したら、泣いていることがしられてしまいそうで嫌だった。

更年期障害とそれに伴ううつ症状。思っていた通りの診断が下った。受診したらすぐに知らせるように言われていたので、クリニックを出ながら良子に電話した。

「じゃあ、今日からとりあえず二カ月休職ね。手続きはこっちですべてやるから」

忙しいのか、それだけ言われて、すぐに切られた。

セミがけたたましい鳴き声を上げている。クリニックの庇から日向に出たら、熱湯の中に放り込まれたような暑さに包まれた。そうか、今は夏か、とぼんやり思い出す。県道の向こう側の歩道を、幼子をつれた妊婦がえっちらおっちら歩いている。いつか見た、景色。病院からの帰り道。真夏。あのときは、婦人科で妊娠していると告げられ、そのままその場で中絶手術の予約をとったのだった。どうして女になんか生まれたのだろう。卵巣も子宮も、自分にとっては意味のない重しでしかない。

そのとき「おーい！」と聞き覚えのある声がした。

「おーい、おーい、夏っちゃーん」

妊婦から三メートルほど離れた後方で、日傘を差した真冬が手を振っていた。真冬は左右を見て車がこないことを確かめると、おたおたと走りながらこちらにやってきた。

「どうしたの？　どこか悪いの？　顔が土の色してるよ」

「更年期障害。会社も休むことにした」

誰にも言わないでおこうと思ったのに、真冬の顔を見たら、ぽろっと言葉が出てきた。

「そうなの？　とにかく、この炎天下で日傘も差さずに歩いてたら、死んじゃうよ！」

それから、真冬がすぐにタクシーを拾ってくれた。車内は冷房が効いているようで、真冬は汗を拭きながら「はあ、生き返る〜」と言った。しかし夏枝には、車内が暑いのか涼しいのかいまいちよくわからなかった。このまま真冬宅で一緒にかき氷を食べようと誘われ、断る気力もなく従った。

真冬の1Kのアパートは相変わらずモノだらけだったが、散らかっているというわけでもない。旅先で買った骨董品やキャラクターグッズ、ポストカード、マグネットなどがありとあらゆるところに飾られ、まるでおもちゃ箱のような住まいだった。このガチャガチャした環境でよく落ち着いて暮らせるなといつも思うが、本人いわく、毎日十時間、ぐっすり眠れているという。

リビングのテーブルの前に座ってすぐ、雪のように真っ白なかき氷が出てきた。牛乳と練乳を混ぜたものを凍らせたそうだ。その三角形の白い山の上から、真冬はさらにチョコレートソースをたっぷりとかけた。

黒い川の流れる不気味な雪山。仕方なく、スプーンですくって一口食べた。舌が溶けてなくなりそうなほど、甘い。

真冬がテレビをつけた。半裸の男性がぼうっと立っている姿が、画面に映し出される。

「あ、オリンピックだ」と真冬が言った。

半裸の男性の体は、完璧に鍛え上げられていた。今、彼は白い板のふちに立ち、両手を水平に広げ、小さく上下にはずんでいる。次の瞬間、体をホッチキスのように折りたたむと、後ろ向きに回転しながら水面に落ちていった。

全てが芸術品のように美しかった。人生のきらめき。今、ここにある自分の体のあまりのみすぼらしさ、機能不全さを身にしみて感じる。

「東京オリンピックが決まったのって、いつだっけ？　なんだかずいぶん昔のことのように感じるよね。はあ、でも、更年期障害かあ。わたしたちもいつの間にか、そんな歳なんだねえ。なにせもうアラフィフだもんね。うちの店にいたパートさんも、更年期障害がきついって理由で、先月やめちゃったんだよね。店の中、冷房ガンガン効いてるのに『暑い、ほてる』ってよく言ってたよ。わたしらより十歳年上だから、五十六歳かな？　わたしは今のところ何もないけどね。そういえばうちの母も、うつになったり認知症になったりしたけど、更年期障害みたいなものは一切なかったんだよね。本人も

『なんでわたしだけないんだろ?』って不思議がってた。だからわたしもないかも? 遺伝するかしらないけどさ」

そっか、という言葉は、口の中でもたついて、外に出てこなかった。テレビ画面の中では、さっきとは別の半裸の男がプールサイドをうろうろ歩いている。

「あ! そういえばさ、秋生が最近、文字が見えにくくなってきた気がするから、毎日ブルーベリー食べてるんだって。目にいいって話があるんだよね、ブルーベリー」

老眼対策でブルーベリーを食べはじめたのは、夏枝のほうが先だ。夏枝が秋生にブルーベリーの効能を教えたのだ。ここ数カ月で、小さな文字が一気に見えにくくなった。復職が決まったら最初にやらなければならないのは、老眼鏡を買いにいくことだった。

「でもさ、ブルーベリーなんかで老眼がよくなるわけないのにね。そう思ってわたし、ネットで調べてみたの。そしたらやっぱり、ブルーベリーで老眼がなおるなんていうエビデンスは一切ないらしいよ。ほーんと、あいつって意外とアホなんだから。ていうか、わたしたちまだ四十六だよ? 老眼はまだちょっとはやくない? 秋生がうちらの中で老眼鏡第一号かもね、ウヒヒヒヒ」

「帰る!」

ガチャン! と激しい音がした。自分の投げたスプーンが、テレビ画面に当たった音だった。画面上を白い液体の線がツーっと流れていく。自分のしでかしたことが信じられなかった。気づいたらやっていた。真冬が何か言いかけたが夏枝は立ち上がり、玄関へ駆け出した。恥ずかしかった。謝りたかった。けれどそれ以上に、抑えようのない怒りで体が破裂しそうだった。

休職に入って以降、クリニックで処方された漢方薬はまじめに飲んでいたが、症状がよくなっている気は全くしなかった。日中、何もしていないのに倦怠感が常につきまとい、何かを食べるどころか、水を飲むのさえおっくうだった。連日の猛暑もこたえた。エアコンをつけても全く涼しく感じられないときもあれば、二十八度設定程度でも寒さで頭が痛くなるときもある。そして、夜は眠れない。

休職も三週目に入った八月の終わり、妹からずっとすすめられていた婦人科に、やっといく気になった。そこは更年期障害治療に特化した有名クリニックで、どんな相談にも親身にのってくれる上、よく効く新薬を処方してくれるという。良子の紹介で受診している今のクリニックは、漢方薬しか出していなかった。

これまで妹が何度かかかわりに予約をとってくれていたが、すべてすっぽかしてしまった。そのクリニックは江東区にあり、最低でも一時間近くかかる。酷暑の中の長い道のりを想像するだけで、つらくて涙が出た。

けれど、ここ数日になってようやく、少し暑さが落ちついてきた。予約当日は久々に朝十時前に起きて、トースト一枚だけだったが、朝食をとった。外は薄曇りで、気温は二十五度を下回っていた。

実際にはひと月もたっていないが、数年ぶりに乗ったような感じのする地下鉄に揺られて数十分、そこは、人生ではじめて降りる駅だった。緑と運河に囲まれた静かなところで、古びた住宅が目立つ。が、運河の対岸はタワーマンションが林立する別世界だった。

歩いて十分ほどで、クリニックに着いた。自動ドアを二つ抜け、受付エリアに足を踏みいれた瞬間、立ちすくんだ。

そこにいるのは妊婦ばかりだった。大きなお腹を抱えて文庫本を読みふける妊婦、夫らしき男と口喧嘩している十代にしか見えない妊婦、途方に暮れたように虚空を見つめている妊婦、そして、あちこちから響きわたる乳児や幼児の悲鳴。所在なさげな様子でうろついている男も数名。白い受付カウンターの向こうで、緑色の制服を着た女が怪訝そうな目でこちらを見ていた。恐る恐る前に踏み出し、受付の女に「予約した川村です」と言った。女はキーボードをすばやく叩いてから「ご予約入っていないようですけど」と目も合わさず言った。

夏枝はすぐにくるっと背を向け、速足で自動ドアに向かった。恥ずかしさとわけのわからなさでパニックだった。意味がわからない。何が自分の身に起こっているのか理解できない。ただ、もう二度と外出しない、明日から一歩も、絶対に外に出ない、その決意だけが胸をぎゅっとしめつける。

二つ目の自動ドアを抜け、ようやく外に出た。すぐにマスクをずり下げて、何度も深く息を吸い込んだ。知らぬ間に呼吸を止めていた。いつから？　中に入って、妊婦をたくさん見たときから？

「夏枝」

背後から、名前を呼ばれた。振り返る前にはすでに、元夫だ、と半ば無意識のうちで気づいていた。

それでも振り返った。元夫がいた。

「久しぶりだね、体調悪そうだけど、平気？」

声すら出ない。元夫の顔の下に、赤ん坊がいた。抱っこひもで前向きにくくられた赤ん坊は、よだれをたれながしながら、自分の小さなこぶしを食べている。

夏枝の視線に気づくと、元夫は自分の顎の下にある小さな顔をちらっと覗き込み、それから夏枝に向かって優しく微笑んだ。

「俺、再婚したんだ、言ってなかったけど」

もしかして、と思う。自分はパラレルワールドにでもきてしまったんだろうか。あのくずでろくでなしの宏昌が、完璧な家庭を築いて幸せになる世界線。

「最近、引っ越しもしてさ、家はこの近所。今、嫁さんは二回目のお産で、ここに入院してるんだ。今回は双子だから、もう大変だよ」

照れくさそうに頭をかく。てっぺんがどうなっているのかは、よく見えない。着ているラルフローレンのボタンダウンのシャツには、しわ一つ寄っていない。

「驚いてるよね。俺、変わっちゃったろ？　嫁さんと、嫁さんの両親がすごくいい人でさ、俺、一からやり直せてるよ。今は、ギャンブルも一切やってない。人間ってこんなに変われるんだって、自分でもびっくりだよ。あの、夏枝にも、いつか会って謝りたいって、ずっと思ってた。ひどく苦しめてしまった気がしてて。でも今の夏枝が、どんな暮らしをしてるか、わからなかったから……その、なんとなく、連絡しづらくて」

なんで？　なんで連絡しづらいの？　もしわたしが不幸だったら。今も一人で、孤独で、さみしく暮らしていたら。そしたらかわいそうだから、結婚のことも子供のことも言えない、そういう意味？

「ところでさ、あの、聞きにくいんだけど……」元夫は言い淀みながら、背後のクリニックをちらっと振り返る。「どうして、ここにきたの？」

ふえぇと、赤ん坊が甘い声を出した。おーよしよし、と父親は優しくゆすってやる。

「あのさ、まさか、妊娠してるんじゃないよな？　違うよな、まさかな。あの、だったら、もしかしてだけど、あの、間違ってたらごめん、あの、この裏手にさ、更年期障害専門のクリニックがあるんだけど、そっちと間違えたんじゃない？　こっちのクリニックは、産科がメインのはずだから」

そのとき、ＬＩＮＥ電話の着信音がけたたましく鳴り出した。「あ、嫁さんだ」と言って元夫は電話に出た。「あ、モモちゃん、うん、うん、待って、すぐいくね」。聞いたことのない声色だった。そのまま顔の前で夏枝に向かって手刀を切ると、クリニックの中へいそいそと戻っていった。

ツクツクボウシが、どこかで鳴いている。周りには誰もいない、自分一人だけだ。夏枝は安心して、再び深く息を吸い込む。いいタイミングで電話が鳴ってくれた。おかげで元夫の前で「ちがうちがう。更年期障害じゃなくって、生理不順の相談をしたいだけなの」なんて間抜けな言い訳をせずに済んだ。よかった、本当によかった。しみじみと思いながら、何度も息を吐いて、吸う。ずっと呼吸が乱れて、胸が苦しい、死んでしまいたい。

起きているのか眠っているのか、もうよくわからなかった。

ろくに食べもせず、水分もほとんどとらず、スマホの電源はずっと切れたまま。カーテンも閉め切って、昼も夜もわからない。気づくと涙が流れてくる。夢の中でも泣いている。泣けば泣くほど、みじめさと情けなさが瓦礫のように折り重なって、また涙が出てくる。元夫の顔が、壁に貼られた古いシールみたいに脳裏にこびりついて剝がれなかった。夏枝の体調を気遣う心配げな顔。赤ん坊をいとおしげに見る顔。誰かと出会い、ともに生きることで、人は変わる、よりよい人間になる。それが人生の本質なんだろうか。たった一人、誰とも幸せをわかちあうことなく、孤独に生きている。だからわたしは、何ひとつ変われないのだろうか。

この苦しみは、嫉妬の苦しみだ。夏枝はきちんと自覚していた。元夫の新しい人生がねたましくてしょうがない。自分との子供を中絶してほしくて、目の前で土下座までした男。その男が自分よりりきっとずっと若い女と所帯を持ち、一人ならず三人もの子供をもうけようとしている。苦しんで死ねばいい、そんなことすら考えてしまう。真冬の明るい性格と頑丈な体もねたましかった。老眼を笑われた。たったそれだけのことなのに、どうしても許せない。

それに。本当は。聖子が自分をねたんで意地悪したのではなく、自分が聖子をねたんで、ねたんでねたんでねたましくてしょうがなくて、入社したばかりの頃、少しだけ、そっけなくしてしまった。自分がやったことなのに、ずっと、なかったことにしていた。はじめて聖子に会ったとき、出身地を聞かれたので、都内だと答えた。すると聖子は目を輝かせて「わたしも都内！　東京出身の人って意外となかなか知り合えないんだよね！　何区？　わたしは港区！」と言ったのだ。

それから数回、朝、聖子と会っても挨拶しなかった。

あの海抜ゼロメートルの場所で、害虫みたいにはいつくばって生きていたのと同じ頃。聖子はどんな暮らしをしていたのか。ダメだとわかっていても、考えてしまうのだった。毎日どんな朝ご飯を食べて、母親にどんな素敵な髪型に結ってもらい、クリスマスはどんな楽しい夜を過ごしていたのか。気づくと、一方的に相手をねたんで、するべきでないふるまいをしてしまう。それは、とてもささいなこと。二、三回挨拶を無視するとか、その程度のこと。それ以上はいけない、と自分をいさめることがまだできている。だから、その程度なら、見逃してくれる人もいる。聖子はダメだった。きっとその二、三回で嫌われてしまった。けれど、嫌われて当然だと思う。

誰か、支えになってくれる人がそばにいたら、違うのだろうか。

ねたみを、苦しみをわかちあう誰かを、見つける努力をするべきだったのだろうか、元夫みたいに。一人ぼっちでいる限り、変われない。新しい人生なんて手に入れられっこない。もっと歳をとったらもっともっとねたみ深くなって、もっとひどいことを他人にするようになってしまうのだろうか。一人で歳をとるとは、そういうことなんじゃないか。

涙がまたあふれてきて、もはやおぼれてしまいそうだった。呼吸が正常にできていないような感覚がする。鼻が完全につまっていた。それなのに口の中はかわききって、息がうまく吸い込めない。

少ない力を振り絞り、横になったまま腕を伸ばして、床に転がっているはずのお茶のペットボトルを探した。ようやくつかむと、その体勢のままごくごくと飲んだ。ぬるくて、まずかった。くさっているかもしれない。どうでもよかった。

ペットボトルを投げ捨てた。同時に、真っ暗だった部屋に、突然、まばゆい光がともった。

壁にとりつけたテレビだった。ペットボトルがリモコンに当たってしまったらしい。まぶしさに目をほそめながら、夏枝は画面を見た。

視界がぼやけてよくわからないが、何らかの室内スポーツの映像のようだった。そうかオリンピックか、と考えてすぐ、自分の思い違いに気づく。よく見ると、選手たちは車いすに乗っていた。これはパラリンピックだ。

腕を伸ばしてリモコンをつかむと、音量を上げた。同時に飛び込んできた言葉に、思わず上半身を起こした。

「車いすバスケ界の流川楓《るかわかえで》こと——」

夏枝は完全に起き上がって、ベッドの上に正座した。前のめりになって画面に食い入る。誰が流川と呼ばれているのか、すぐにはわからなかった。が、やがて気づいた。

背番号2。やや長い黒髪、するどい眼光。見た目は確かに流川に似ているかもしれない。が、数分ながめて、彼のプレースタイルは、どちらかというと主人公の桜木花道《さくらぎはなみち》のほうに近いと夏枝は思った。ゴール下でリバウンドをもぎとり、得点につなげる執念。屈強な上半身ととびぬけた身体能力──気づくと持ったままのリモコンを、つぶしそうなほど強く握りしめている。体の奥から、激しい衝動をともなった何かが、つきあげてくるのを感じる。

小中高と、夏枝はずっとバスケットボール部だった。スラムダンクは連載がはじまった当初から、バスケ部の男子たちにすすめられて読んでいた。一番好きだったのは流川でも花道でもなく、三井《みつい》だった。周りの女子はみんな三井が好きだった。三井にあこがれて、必死で3Pシュートを練習するようになった。けれど漫画で描かれるようなきれいなシュートはちっともできなくて、毎日居残りで練習しても、試合で全然決まらなかった。

引退試合は関東大会予選の二回戦。相手は私立の古豪、対するこちらは弱小中の弱小の都立高。前半で30点近くリードされたが、後半ラスト十分時点で9点ビハインドまで追い上げた。

そのとき、ボールがすっぽりと、パズルのピースのように自分のところへやってきた。しかもノーマーク。

心の中に、三井の「落とす気がしねえ」の声がこだました。股関節からまげて腰を落とし、下半身の力を上半身へまっすぐ伝える。すべて練習した通り。そして、ボールが自分の腕から放たれた。

それがゴールネットを音もなく潜り抜けるまで、永遠のように感じた。

ワーッと歓声があがり、仲間たちがかけよってきた。しかし、よろこぶにはまだはやい。あと二回同じことを繰り返せば、追いつける。そう思ったが、その後、立て続けに相手チームにゴールを奪われ、終わってみれば、再び30点近くのリードをつけられての大敗となった。

試合終了のホイッスルが鳴った途端、チームメイト全員の顔にわっと涙があふれた。抱き合って、いつまでも泣いていた。試合後の挨拶でも泣き続け、監督からの最後の話を聞いているときも泣いて、帰りの電車でも後輩たちと手を握り合って泣いていた。そのとき、電車の窓の向こうに広がる茜色の夕日と、どんどん近づいてくる見慣れた小菅の東京拘置所、その風景をはっきり覚えている。青春のきらめき。それが今、目の前で、ふっと消えた。あとの人生はずっと消化試合かもしれない。そんなようなことを思いながら、べたべたの頬を手の甲で拭った。十七歳だった。

画面の中の日本代表チームは、勝利を飾った。夏枝はテレビを消すと、ふたたびベッドに寝転がり、スマホで車いすバスケ界の流川楓について調べた。その後、眠たくなるまで、ユーチューブにあがっている彼のインタビュー動画や密着動画を見続けた。

それからほぼ毎日、車いすバスケットボールの試合を見るようになった。はじめはベッドに寝たままぼんやりながめているだけだったが、やがてきちんとテレビの放送時間やネットの配信時間を調べるようになった。元気があるときはなるべくその前に風呂と食事を済ませ、テーブルにコーヒーを用意し、リビングの大きなテレビで観戦した。日本代表が出ていない試合もチェックした。

日本代表は順調に勝ち進み、決勝戦まで駒を進めた。相手はディフェンディングチャンピオン・アメリカ、まさに不足なし。決勝戦は十二時半開始予定だった。夏枝はそれにそなえて、数日かけて昼夜ぐちゃぐちゃだった睡眠時間を調整し、その日は朝七時過ぎに起床した。ジャンプボールまでかなり時間があったので、久しぶりに掃除もした。

日本代表は開始早々、エースの選手が鮮やかな3Pシュートを決めて序盤はリードする展開となった。が、敵もさるもの、圧倒的なスピードと攻撃で追い上げられ、第2Qで逆転を許した。その後、車いすバスケ界の流川の再逆転シュートなどもあり、一進一退の攻防が続いたが、日本は勝負どころで失点を許し、最終的には60対64で敗れ、銀メダルとなった。

試合終了のホイッスルが鳴らされると、アメリカ選手たちは涙を流してチームメイトと抱き合い、日本選手の中にも悔し涙に目を赤くしている人が数名いた。夏枝は車いすバスケ界の流川の姿を必死で探したが、なかなか映らなかった。ようやく見つかった彼は、相手チームをたたえて拍手をしていた。表情は一見おだやかだが、その目は静かに強く燃えていた。かたく結んだ唇で、こみあげる悔しさを必死に飲みこもうとしているように見えた。

テレビを消した。少し考えてから、部屋の隅にある姿見の前に立った。

ぞっとした。生気のない、くさった飴玉みたいな目が二つ。肌は真冬に指摘された通りの土色をしていて、頬はこけ、まるでゾンビみたいだ。引きこもりのゾンビババア。自分もかつて、車いすバスケ界の流川のような目をしていたことがあったのだろうか。勝つか負けるか。目の前にあるのはそれだけだった頃。

ソファに戻り、スマホを手に取った。LINEの未読メッセージが八十二件もあった。しかしそれはまだスルーしたまま、アマゾンのアプリを開いて、ウイルソンのバスケットボールを購入した。

バスケットボールは翌日の午前中に届いた。明るいうちに出かける勇気は持てず、誰もいないであろう夜十時過ぎになって、ボールを手に公園へ向かった。

ジョギングや犬の散歩をしている人が数名いたものの、昼間に少し雨が降ったのもあって、普段より人は少なく思えた。こんな夜でも、というよりこんな夜ほど、バスケットゴールの周囲には若者がたむろしていることが多いが、今晩は無人だった。

家を出る前にも入念にストレッチしたが、その場でも屈伸運動をした。それから、いつかの晩見たバスケ少年が立っていたのと、ほぼ同じ位置に立つ。よし、と口の中だけで言って、3Pシュートを放ってみた。

当然、入らない。いや、入らないどころか、ゴールよりだいぶ低い位置までしかボールがあがらなかった。それでも入るまで何時間でもやるつもりだったが、十分もたたないうちに腕がしびれてきた。やむなく帰宅すると、ユーチューブでバスケ動画を漁り、繰り返し見た。翌日も同じぐらいの時間に公園にいった。やはり十分ほどやったが、一度も成功しなかった。そのときになって、暗くてよく見えないのがダメなのだとようやく気づいた。

さらに翌日、意を決して午前中に公園へ向かった。いつも使っているバスケットゴールまでいくと、大学生ぐらいの男子二人が1on1をやっていた。二人はそれぞれ白と黒のTシャツを着ていて、まるでオセロみたいだと思った。黒いほうが夏枝の姿に気づき、はじめは無視したが、何か気になったのかすぐにまた振り返って「いいボール持ってますね」と声をかけてきた。

「し、新品なんです」

話しかけられるとは予想しておらず、動揺してそんなどうでもいいことを口走ってしまう。

「あ、使います？」と白いほうが、気のよさそうな笑顔を向けながら言った。

「いいです」と断ろうとして、思いとどまった——ここで逃げたら、わたしは引きこもりゾンビババアのままだ。

「あの、3Pシュートの練習をしたいんですけど、なかなかうまくできなくて。あとでいいので、教えてもらえませんか？」

二人は虚をつかれたように互いに顔を見合わせた。黒いほうが戸惑いながら、「あの、まあ、俺らでよければ」と言った。

それから、臨時のシュートレッスンがはじまった。聞けば白いほうは近所の小学生チームのコーチをしているらしく、指導はお手の物といった様子だった。アドバイスを受けて五本ほど打っただけで、一人でやっていたときには感じられなかった手ごたえのようなものをつかめた。

「さすが経験者、うまいですよ。あと少しです」

黒いほうがそう言って励ましてくれる。そして、十五本目——膝をまげ、モーションに入った瞬間から、これは、という感覚があった。そのとき、白いほうがふざけたような調子で、ふいに言った。

「落とす気がしねえ！」

自分の体から放たれたボール。永遠とも思える時間。見たこともないぐらい美しい弧を描いて、ゴールネットを静かにくぐった。

「うわー！　すげー！」

「やった！」

まるで一世一代の大会で決勝ゴールを決めたかのように、若い二人は大はしゃぎした。

けれど夏枝はその場に立ったまま、わずかに揺れるぼろぼろの今にもちぎれそうなネットを見つめつつ、静かに、こう思っていた。

——立ち直った。

わたし、立ち直った気がする。誰かと一緒に暮らさなくても、配偶者を得なくても、こうして通りすがりの人の親切を少し借りながら、一人で、自分の力で、立ち直った、そんな気がする。

気づくと頰に涙が伝っていた。それを見て、男子二人は急にゾンビにでも出くわしたように顔をこわばらせた。逆にその様子が夏枝にはおかしくて、思わずふふふと笑ってしまった。

「何百万本もうってきたシュートだ」

夏枝が言うと二人はぽかんとしていた。黒いほうが「なんすか、それ」とつぶやく。

「いや、流川の名言だけど。しらないの？」

「しらないっす」

なんで「落とす気がしねえ」はしってってこっちはしらないんだと思ったが、口に出さなかった。その後、二人に礼を言って、公園をあとにした。帰り道の途中にある眼鏡屋で、老眼鏡を買った。

一日もオーバーすることなく、二カ月ちょうどで、休職を終えた。

体調はまだ万全ではなかったが、改めて受診した更年期障害専門のクリニックでもらった薬の効果が、少しずつ出はじめていた。まだ体のほてりや気分の浮き沈みはあったものの、慢性的なだるさがかなり改善した。何より、一日三十分のジョギングと3Pシュート練習十本を習慣化したおかげか、夜にぐっすり眠れるようになったのが大きかった。

復帰初日、聖子は午前中半休をとっていた。午後、出社してきた彼女の顔を見て、夏枝は「おはようございます」と大きな声で挨拶をした。聖子はまるでこちらが透明人間でもあるかのように、一瞥もくれずに自席についた。

ぎゅっと目を閉じ、車いすバスケ界の流川の顔を思い浮かべる。気にするな、自分のことをやれ、と彼が夏枝を励ましてくれる。

その日一日、これまでにない緊張感の中、仕事をした。幸いにもミスは一つもしなかった。良子が四時前にあがらせてくれた。事務所を出ると、外はまだ明るかった。

スマホを出して、真冬にＬＩＮＥ電話をかけた。出なかったので、メッセージを送った。

冬さん、今更だけどごめんね。八つ当たりして、ひどい態度とってしまいました。今日、無事に仕事復帰しました。

すぐに既読がついて、返事があった。

わたしも、美人で有能な夏っちゃんに嫉妬して、意地悪を言ってしまったのかもしれない。反省してます。ごめんね。復帰おめでとう。

今、バイト中で、もうすぐ終わる。この後、うちくる？

いく！

と返信して、スマホをバッグにしまうと、腕を伸ばして伸びをした。立ち直った。また思う。たった一人で暮らして、たった一人で立ち直った。きっとまた悪くなるときもあるだろうけど、とりあえず今は、立ち直った。一人で。わたしが生きたかった人生はこれなんだ、と思う。息を大きく吸い込んだら、キンモクセイの匂いが鼻を抜けた。あのボロ家の窓から見ていた小さな空は、もう思い出さない。

2022年　春　間違えられた男

ようやく発注作業が終わり、店を出る前に手洗いに寄った。用を済ませて洗面台の前に立ち、鏡にうつる自分と目が合う。

老けたなあ。

ここ一、二年で一気にきた。ほうれい線はくっきりと深くなり、目の周りのシミが増え、頭は半分が白髪。そして太った。だいぶ太った。今穿いているジーパンもかなりきつい。

なんだか自分ばっかり老けている気がする。夏枝も真冬も、四十前後からあんまり見た目に変化がない。秋生にいたっては、どういうわけか年々若返っているような感すらある。

恋人が途切れないせいか？　どうしても納得がいかず、首をひねりながら店を出る。時刻は〇時前。夜食用に店からカップ麺を一つ持ってきたが、ふと足を止めて方向転換し、深夜一時まで営業しているスーパーに向かった。

弁当、総菜類はほとんど売り切れだった。半額シールの貼られた高野豆腐、ふきの煮物、卵焼き、それらがぽつんぽつんと捨て子のように置かれている。そのうちの一つ、たけのこご飯のパックの前で、しばし立ち止まった。一度手に取ったが、かごには入れず、また戻した。

結局、冷凍チャーハンとレトルトのミートボール、少し迷って、糖質オフの発泡酒を買った。

帰宅し、空き巣にでも入られたように散らかった室内を見て、重たいため息をこぼす。昼に出かけるとき、鍵が見つからずにそこらじゅうのものを開けたりどけたりしたせいだ。床に散らばった枕や衣類や毛布を足で蹴飛ばして自分の通り道を作り、とりあえずシャワーを浴びた。風呂場から出ると、パンツ一丁のままチャーハンとミートボールを温め、皿に盛り、テーブルに並べた。冷やしておいたグラスに発泡酒を注いで、一口飲む。

まずい。

糖質オフなんてくそくらえだ。

次にスプーンを持ち、チャーハンを一口すくって食べる。まだ少し冷たい気がする。しかし、温めなおす気力もない。

ため息。

スーパーで見た、たけのこご飯が脳裏に浮かぶ。

昔、紗枝が何度か、炊き込みご飯を作ってくれた。

最近、ほとんど毎日のように紗枝のことを考える。ここ一年ほど、新たな出会いもなく過ごしているせいかもしれない。紗枝と別れたのは二十九歳のとき。あのあとすぐ彼女は妊娠したのだから、もし無事に産んでいれば、子供はもう高校生のはず。

これまでの四十七年の人生で、自分と結婚したいと心から望んでくれたのは、あとにも先にも紗枝だけだったんじゃないかと今になって思う。あれから何人もの女性と知り合ったが、こちらに結婚の意思があるかどうかを確かめてくることはあっても、春来自身に特別な思いを持ってくれるような女性は皆無だった。

作家をやめて、ちゃんとした会社の正社員になってほしい——それは、彼女なりの心からの願いだった。結婚するならこの人だと、思ってくれていたからこそ出た言葉に違いなかった。しかし当時の春来は、ただただ自分を否定されたように感じて、彼女の思いに背を向けてしまった。もっと、自分を応援してほしかった。今は不安定でも、いや不安定だからこそ、誰に反対されてもわたしがあなたの夢を支えると、そう、言ってほしかった。

もし、あのとき。紗枝を選んでいたら。今頃、どんな暮らしを送っていただろう。少なくとも、深夜にひとりぼっちで、冷たいチャーハンを食べるなんてみじめは、味わわずに済んでいたはずだ――しかもゴミ屋敷同然の部屋で。

しぶしぶ、またチャーハンをすくって口に入れる。冷たい、どころか中のほうはまだ凍っていた。もはや何もかもどうでもいい気分で、皿を持って一気にかきこみ、発泡酒で流し込んだ。

そのとき、LINEの着信音が立て続けに鳴った。スマホを見ると、四人のグループLINEに夏枝が画像を連投していた。

どうやら今日、バスケットボールの社会人サークル主催のトーナメント大会があったらしい。夏枝のチームは優勝し、さらに彼女自身は大会MVPにも輝いたようだ。ユニフォーム姿の夏枝がちゃちなトロフィーを頭にのせてはしゃいでいる画像が、なぜか五回も連続で投下されたあと、「間違えちゃった！　今打ち上げでよっぱらい」というメッセージが追って送られてきた。

見なかったことにしよう。スマホをベッドの上に放り投げる。よっこらしょと立ち上がり、冷蔵庫から買いだめしてあるストロングゼロ無糖ドライ500ミリ缶を出すと、その場であけて、立ったまま一気に飲んだ。

これであと三十分もすれば、眠れる。

最近、夏枝も真冬もそれぞれの趣味で忙しく、そして詳しい事情はしらないが秋生も川口の家族のことでやはり忙しいようで、今年に入ってからというもの、全く四人で集まれていなかった。所詮、友達なんてそんなもの。すねた気分で思う。大人になればなるほど、友達の優先順位は下がっていく。

そんなもんだ。

眠くなってきた。そんなもんだ、そんなもんだとぶつぶつ言いながら、洗面台に向かい、適当に歯を磨いた。部屋に戻ると散らかったままのテーブルが視界に入らないようにすぐに明かりを消し、ベッドに横になった。

なぜ、女は孤独に強いんだろうか。

夏枝と真冬が二人して「もう誰かと同居なんてできない、一人暮らしが最高」「わかる〜」などと話しているのをしょっちゅう耳にする。今年の正月、久しぶりに中学の同窓会に出席したら、未婚やバツイチの女たちが全く同じ話題で盛り上がっていて驚いた。「さみしくないの？」「老後が心配じゃない？」とやや不満げに口をはさむのは未婚既婚問わず男たちばかりで、既婚の女たちは無関心そうにしていた。

自分はとても、そんなふうに思えない。一人暮らしが最高だなんて。人を殺したいと口にするのとほとんど同じぐらい、ありえないことだ。毎日さみしくてさみしくて仕方がない。こんなふうに、薄汚れたおっさんたった一人で、胎児のように丸くなって眠る夜はもうごめんだった。なぜ、夏枝も真冬もこれに耐えられるのだろう。なぜだろう。なぜ俺だけが、こんなにも孤独でつらいのだろうか。

このまま、五十歳になってしまうのが怖い。幸せな未来は到底思い描けない。たった一人、このゴミ部屋で暮らしながら、誰もよりつかない偏屈でおかしなおっさんになっていく。そういう考えがときどき自分を支配して、身を切られるほどに恐ろしい。——本当は、女たちだってさみしいんじゃないのか？　考えるのがだんだん面倒になって、瞼がどろりとたれて闇が落ちてくる。

昼過ぎに目覚めると、当たり前だが部屋の中は散らかったままだった。はああ、とお決まりのため息をつき、再び布団の中にもぐりこむ。枕元に置いたスマホを手に取り、普段の習慣通りにツイッターを開いた。次の瞬間、驚きとショックと、そして自分でもどう名付けていいのかよくわからない感情で、体がかーっと熱くなった。

一月に発売した佐伯哲郎《さえきてつろう》さんの『博愛』がこのたび笹山賞にノミネートされました！　お読みくださった方、メディアなどで推してくださった方、本当にありがとうございました！

佐伯哲郎は同じ新人賞を一年違いで受賞した、春来にとっては唯一の作家友達、いや〝売れない〟作家友達だった。

若いときはよく飲みにもいったが、ここ数年はあまり連絡もとらなくなっていて、コロナ禍直前の年末にインボイスについて電話で相談し合ったのが、最後の会話だった。

「互いに次の本で最後かもしれないから、こんな心配なんてしたって意味ねえよな」と哲郎は笑って言っていた。そして春来自身は、本当にその通りになった。編集者から「これがダメだったらもううちからは依頼できません」と言われて出した青春ミステリー小説は、メディアにとりあげられることは一切なく、アマゾンランキングも十万位以下をはいつくばりながら、ほとんどの書店では平積みもされず、そしてそのまま、編集者からの連絡は途絶えた。

その二カ月ほどあとに出た哲郎の新刊も売れていないようだったが、春来はもう、出版にかかわることすべてをなるべく視界に入れたくなかった。哲郎だけでなく、版元、作家、書店、とにかく業界に関係ありそうなツイッターアカウントは見つけ次第、ミュートした。

だから、哲郎が去年の秋に出したSF純愛小説が話題になっているらしいということをしったのも、発売から少し経った今年の一月のことだった。

笹山賞にノミネートされました！　笹山賞にノミネートされました！　笹山賞にノミネートされました！　頭の中でなぜか女の声でリフレインされる。版元のアカウントをフォローしているわけでもないのに、タイムラインに出てきたのはなぜなのだろう。ツイッターのわけのわからない仕様が憎かった。

胸が痛くて、苦しい。泣きたい気分だが、涙はさすがに出てこなかった。とにかく、今日は店にいく気にはとてもなれない。美穂に今日は休むとＬＩＮＥしようと思いついたところで、偶然にも、その美穂から電話がかかってきた。

「もしもし、春来くん？　今何してる？」

その声は、いつもより急いでいるような印象を受けた。でも、気のせいかもしれない。

「寝てた。どうしたの？」

「あの、実はね、今日少しはやく店にきてくれないかな？　はやくきてくれるなら、何時でもいいんだけど、今すぐでも」

「なんで？」

「あの……ちょっと……智樹に頼まれたことがあって」

「ごめん、体調悪くて、休もうかと思ってたんだけど」

「そっか、じゃあいいよ。ナビさんに聞いてみるね」美穂はそう早口で言って、そのまま電話を切ってしまった。

なんだかやっぱり、いつもよりせっぱつまっているというか、どことなく様子がおかしい気がした。智樹に頼まれたことが、そんなに大変なのだろうか。しかし、美穂の夫でコンビニのオーナーでもある智樹の使いで、役所や取引先に出向いたりするのは、ごく日常的なことだった。これまで、特別な助けを求められたことは一度もない。

どうせ、たいしたことはないのだろう。

三秒後にはもう美穂のことも店のことも忘れて、春来は二度寝の海におぼれかけていた。


翌日もなんとなく外に出る気にならず、美穂に「今日も休む」とLINEした。最近ハマっている元祖ニュータンタンメンの袋麺に卵を二つ落としたもので朝飯兼昼飯を済ませたあと、酒を飲みながらネットフリックスで『孤独のグルメ』を初回から順番に見ているうちに、夜になっていた。

翌日はもともと休みだった。昼過ぎに目が覚め、昨日と同じく元祖ニュータンタンメンを食べたあと、『孤独のグルメ』の続きを見ようとつまみと酒の準備をしていると、ピンポーンとインターホンが鳴った。

当然、居留守を使った。ところが、インターホンはいつまでも鳴りやまず、それどころか訪問者はどんどんと乱暴にドアをたたきはじめた。

何事かとドアスコープをのぞく。真冬が立っていた。すぐにドアを開けた。

「店長！　もう何回もLINEしたし電話もしたし！　なんで出ないの？」

「あ、見てなかった、ごめん」

「わたしのＬＩＮＥ、ブロックしてるんじゃないでしょうね」

真冬はいぶかし気な顔でにらみつけてくる。ブロックはしていない。が、四人のグループＬＩＮＥと三人それぞれの個人アカウントを、すべて通知オフにしていた。でないと、今日はどこへいっただの何を食べただのというメッセージがひっきりなしにやってきて、うるさくて仕方がないからだ。

「で、あの、何？」春来は聞いた。

「ここじゃなんだから、部屋あげて」

真冬はそう言って強引に玄関に入ってきた。しかし、靴を脱ぎながら奥を覗き込むと、

「ここでいいや」と言って、すぐに靴を履き直した。

「あのね、美穂っちが、倒れちゃったの」

「え？　倒れた？」

真冬によれば、二カ月ほど前に智樹が家出をし、以来、コンビニだけでなくほかの飲食店のオーナー業務も、ずっと美穂一人で担っていたというのだ。家出の原因はどうやら女らしい。さらにそこへ追い打ちをかけるように、美穂の実母に胃がんが発覚した。ただし、入院先への見舞いはコロナを理由に禁止されているので、世話に時間をとられて大変というわけではないようだ。どちらかというと、精神的なダメージのほうが問題だった。美穂は実母とかなり親しかったのだ。

「もうその時点でてんやわんやなのにさ、一昨日、店長のお母さんがゴルフ場で転倒して、左ひざ靱帯だっけな？　とにかく何かを切断したらしいの！」

　春来はぽかんとしてしまった。母の大ケガは初耳のうえに確かに大事だが、それと美穂とどう関係があるのか。

「お母さんが最初に美穂っちを病院に呼んだんだよ。そのあとも家に連れ帰って、お世話してあげてたみたい。お母さんから何か聞いてない？」

「なんにも聞いてない」

「でしょうね」と真冬はますます鋭い目つきになって、にらみつけてくる。「あのさ、少しは自分のお母さんに関心持ちなさいよ。しらないみたいだから教えるけど、その前から美穂っちは、ときどき店長の実家にいって、お母さんのお手伝いをしてたんだよ。まるでお嫁さんかのようにさ。春来は一人っ子だからそうしてやってくれって、智樹さんに言われてたらしいよ」

「えっ」と発したきり、言葉が出なかった。美穂と母は以前同じ合唱サークルに入っていて、ずっと親しくしていることはしっていたが、そこまでとは思っていなかった。春来自身は、最後にいつ実家に帰ったのかさえ、すぐには思い出せない。少なくとも、コロナ禍以前であることは確かだ。

「ちょっと、しっかりしてよ！」そう言って、真冬は春来の顔の前でパンと手をたたいた。「とにかく！　今いろんなことがしっちゃかめっちゃかで大変なの！」

「わかった、とりあえず五分で支度して、店いくよ。駅前いけばいい？」

「いや、店は大丈夫、なんとかなってる。智樹さんも戻ってきたし。それにナビさんが友達を何人か呼んでくれて、臨時で雇い入れたの。みんなコンビニ経験者だから」

嫌な予感がする。動悸がした。思わず胸を押さえた。

「今すぐ実家にいって、お母さんを病院に連れていってあげて」

出くわさないよう、慎重にさけていたはずの怪物が、突然、目の前に現れた。そんな感覚がした。


母とは単に気が合わなかった。今となっては、ただそれだけのこととも思う。

母は独身時代、女優を目指して劇団に入っていた。結婚後に春来が生まれたあとは保険のセールスレディーとなり、バブル期だったのもあって相当稼いだようだ。四十過ぎで退職したあとは化粧品輸入会社を立ち上げ、一時は地方に支社を持つほど事業を拡大させた。つねに大勢の友達、知り合いがいて、ゴルフ、社交ダンス、囲碁と休日もスケジュールがびっしりだった。

「人生楽しまなきゃ、損！」

それが母の口癖だ。

「わたしが男だったら」

その言葉もよく聞いた。電車の車掌から延々出世せず、楽しみは毎日の晩酌だけという父と、勉強も運動も何も秀でたところのない春来に対して、母は常に不満を抱えているようだった。

父は春来が作家デビューする前年、すい臓がんが見つかってすぐに死んだ。その通夜の控室で、母が自分の姉妹たちにこう話しているのを、春来は聞いて愕然とした。

「あー、これで主婦の呪縛から解放されるわ」

母は掃除や洗濯など最低限の家事はしていたが、父や自分の世話に手を焼いていたというわけでは決してない。むしろ、ほったらかしもいいところだった。とくに会社をおこしてからは、週に半分ほどしか台所に立たなくなった。

食事は基本各自でとり、洗濯物は母が洗って干したものを、各自で回収する。掃除はあまりされず、家はいつも散らかっていた。父は仕事柄、帰宅が深夜になることも多かった。食べるものが何もないと、よく自分でインスタントラーメンを作って食べていた。下着姿で背中をまるめてコンロの前に立つ、その後ろ姿を覚えている。ほかの人と結婚していたら、父は間違いなくもっと幸せだったと思う。

家を出てから、母に会いたくないという気持ちは年々増した。会うと決まって半笑いの顔で「小説の仕事はどうなの?」と聞く。その続きは口にはしないが、春来の耳には聞こえてくる。

「そんなに稼ぎが少ないの？　金にならない仕事をすることほど、バカげたことはないのよ」

真冬に急げと言われたのに体が動かず、のろのろと身支度をして、実家についたのは三時過ぎだった。玄関のドアをあけた春来に、母は案の定、言った。

「久しぶりね、小説の仕事はどうなの？」

半笑いの口元は見たくない。目を伏せながら、春来は母に聞こえないぐらいの小さな声で「もう仕事ないよ」とつぶやいた。聞こえなかったのか、反応はなかった。

病院は一人でタクシーでいったので、買い物につれていけ、と母は命じた。母の車を運転して、最寄りのイオンにいった。母は杖をついていたが、それ以外は元気そのものに見えた。しかし、再来月の手術のあとも長いリハビリを要し、走れるようになるまでに一年近くかかるらしい。また、その後にもう一度手術をしなければならない可能性もある。

——という情報を、春来は直接、母から聞いたわけではない。車内でもイオンに着いてからも、母のスマホにひっきりなしに電話がかかってきて、そのたびに母は同じ話を繰り返した。今、イオンの食品売り場で今晩の手巻き寿司の具材を選びながら話している相手は、すでに四人目だった。

「わたしも七十も過ぎてるから、リハビリも大変よ。でもね、一年後にはラウンド回るって決めてるから……あ、カニカマ入れて。その、一番右の。あとは海苔と卵ね」

ハイハイ、と春来は小声で言いながら指示に従う。

「五時にはこれる？　うれしいわ。じゃあ、準備はまかせちゃっていいかしら？」

誰かくるのなら、俺はさっさと帰ってよさそうだなと内心でほっと息をつく。母と二人きりで手巻き寿司なんて、地獄もいいところだ。

「LINEのタイムラインにケガのことをのせた途端、こうなんだから。みんな心配性で困っちゃう」

四人目との電話を切ると、母は嬉しそうに言った。

食材の買い出しを終えたあとも、やれスタバが飲みたいだのシュークリームが食べたいだのと母の欲望はつきなかった。ようやくイオンを出て家の前に着くと、夕闇の中、誰かが門扉のところにたたずんでいた。母が「わあ」と声をあげながら、助手席から手を振った。

「夏枝ちゃん！　久しぶり」

「え！」

春来は慌ててガレージに車をとめると、運転席を飛び出した。

確かに夏枝がいた。仕事帰りなのかスーツ姿で、少し疲れた顔で手を振っている。

「夏っちゃん、何してるの」

「ちょっと！　降ろしてよ！」

背後で母が叫んだ。夏枝が急いで母を迎えにいく。

「全く、夏枝ちゃん相手だと、犬みたいによろこんで駆け寄っていっちゃうんだから」

夏枝に支えられて助手席から降りながら、母がぶつくさ言った。「家の鍵あけて、はやく入れてちょうだい」

春来は慌てて門扉をあけてドアを開錠しつつ、夏枝に事情を教えろと目で訴えた。夏枝は一つこくりとうなずいた。「あとでね」と伝えているように思えた。

家の中に入ると、夏枝は母と一緒に別室へ向かった。手洗いや着替えを手伝ってくれているようだった。二十分ほどして、夏枝だけが戻ってきた。

「お母さん、ご飯までお昼寝するって。手巻き寿司の準備するから、春くん手伝ってね」

「いやいや、その前になんで夏っちゃんがここにいるのか、説明してよ」

「別にたいした理由はないよ。ＬＩＮＥのタイムラインでケガのことしって、電話したの。もう何年も会ってはなかったけど、年賀状のやりとりはしてて、ＬＩＮＥも一応、つながってたし」

確かに夏枝は大学時代、この家によく遊びにきていた。母は面倒見と気前が異様にいいので、この家に居ついてしまう友達はほかにもたくさんいた。中でも夏枝はゴルフや高級レストランにつれていったりとかなりのお気に入りだった。活発でバイタリティのあるもの同士、性格が合うようだった。

「お母さんと最後に会ったのは、結婚したときだっけなあ。お祝いで洗濯機買ってもらったんだよね」

春来は言葉が出なかった。当時、春来自身は夏枝とすっかり音信不通状態で、結婚したことすらしらなかったのだ。

「ぼやぼやしてる時間ないよ！　まず春くんはご飯炊く準備して。それぐらいできるでしょ」

それから、二人で手巻き寿司の支度をした。夏枝は手際よく食材を切ったり並べたり春来に指示を出したりしつつ、少しでも手があけば、洗濯物を取り込んだり、掃除機をかけたりしていた。

そして、午後七時過ぎに母が昼寝から起きてくる頃には、テーブルに食事の準備が整っているばかりか、やや散らかっていた室内が完璧に整理整頓された状態になっていた。

もちろん、母は大感激していた。そして春来が内心で、言うんだろうなあとぼんやり思っていたことを、案の定、食事中に言った。

「夏枝ちゃん、今でも遅くないから、うちにお嫁にきてよ」

「言うと思いました」夏枝はそっけなくそう返し、鉄火巻きをほおばる。「でも、もう遅いですよ」

「あら？　なんで？」と母は言いながら、海苔に酢飯をのせ、その上に大好物のうなぎときゅうりをのせていく。「まだ四十代半ばでしょ？　後半？　ぜーんぜん遅くないわよ。この先の人生、長いわよ。一人より二人でいたほうが、楽しいかもよ？」

「うーん」

「わたしもね、お父さんが死んじゃって、こうしておひとり様を謳歌してるように見えるかもしれないけど、やっぱりときどきさみしいもんよ。とくにこんなケガしちゃうとさ、誰かいてくれたらなあって思うもの。息子はいないも同然だし」

　そう言って、春来にちらっと視線をよこす。春来は気づかぬふりして、ビールをあおった。

「まあでも、うちの春来には、夏枝ちゃんはもったいなさすぎるわね。美人だし、お金もちゃんと稼いでさ。肌もきれい、三十代でも通じるんじゃない？　それにひきかえ、見て、この子。すっかりおっさんよ、情けないわ。この子とは違って夏枝ちゃんは、きっとすぐにいい人見つけて、再婚しちゃうわよね」

「どうでしょうねー」

二人はそれから、ゴルフや韓国アイドルの話で盛り上がっていた。春来はほとんど口をはさまなかった。

食後はイオンで買ったシュークリームを夏枝がいれてくれた温かい紅茶と一緒に食べ、九時過ぎ、夏枝と二人で家を出た。

「これからはいつでもきてね、夏枝ちゃん。ここを我が家だと思ってくれていいから」

そう言って玄関先で笑う母の顔は、門灯が逆光になっているせいもあって、やけに不気味で本物の怪物に見えた。夏枝はふふっと笑うと、春来にとっても意外な言葉を返した。

「うれしいです。わたしは実家どころか、親なんていないも同然だから。また、絶対にきますね」

それから、駅までの暗い道を、二人で歩いた。思えば、こんなふうに二人きりになるのは、ずいぶん久しぶりのことだった。

「どうする？　一杯飲んでく？」

少し前を歩く夏枝に聞いた。

「うーん。明日も仕事あるし、やめとこうかな」夏枝は振り返ることなく、そう答えた。

「ねえ、明日もご飯、作りにいくよ」

「え？」

「お母さんのところに。明日だけでなく、できる限り、お手伝いにいくよ。だから春くんは、自分のことだけやってていいよ」

「自分のことって？」

「え？　だから、小説書いたり、いろいろ。忙しいんでしょ？　がんばってね」

もうとっくに仕事がなくなっていることを、実は三人にははっきり言えていなかった。

やがて、駅の改札が見えてきた。夏枝の家の最寄り駅に着く前に、もう一度、飲みにいこうと誘ってみよう、と春来は思う。

しかし、あっけなく断られた。春来よりひとつ前の駅で、夏枝は名残惜しむこともなく、電車を降りた。扉がしまる直前、夏枝は振り返って小さく手を振った。やがて電車が動き出し、その姿はあっという間に残像になる。

――だから春くんは、自分のことだけやってていいよ。

その声が胸の奥に響く。気遣ってもらえたことが、うれしかった、とても。

窓に顔を寄せ、夜の向こうを流れていく集合住宅の明かりの連なりを見送る。誰かと過ごす一晩が恋しい。夏枝はこれから一人で家に着いて、どんなふうに過ごすのだろう。どんな気持ちで布団に入って、目を閉じるのだろう。そのとき俺のことを、思い出すのだろうか。

「何しにきたの？」

実家の玄関で春来を出迎えた夏枝は、まるでここが本当の我が家であるかのような顔で聞いた。

「あ、おふくろが、加湿器が壊れたって昨日言ってたから、買って持ってきた」

母はリビングでテレビを見ていた。春来の姿を見ても何も言わず、にやにやするだけだった。その顔にはこう書いてあるようだった——夏枝ちゃんに会いにきたんでしょ。

「春くん、ご飯、まだだったら一緒に食べていく？　店は休み？」

春来は「ああ、うん」と意識してそっけなく答えた。

今晩の献立はサバの塩焼き、ほうれん草の胡麻和え、にんじんしりしり、みそ汁。動けないから体によくて太りにくいものを食べたい、と母がリクエストしたらしい。

食卓で、母と夏枝は昨日と同様、二人だけでおしゃべりして盛り上がっていた。食後、母に言われて風呂場の排水溝の掃除をしていると、「おーい、春くーん」と夏枝に声をかけられた。

「明日と明後日はこられないから、おかずを作ってるんだけど、春くんも持って帰る？」

うん、と返事をし、掃除が終わったあとに台所まで見にいくと、たくさんのおかずがタッパー詰めされていた。

「好きなの持って帰っていいよ」夏枝がフライパンからきんぴらのようなものをタッパーに移しながら言った。「味薄めに作ってあるから、そんなに日持ちしないけどね」

「あの、炊き込みご飯とか……」

「え？　何？」

「炊き込みご飯とか、作れる？」

「作れるけど、何？」

「いや、食べたいなと思って」

「甘えてんじゃないわよ！」

その声は、背後から飛んできた。

「食べたいなら、自分で作りなさい！」

少し離れたリビングでテレビに見入っていると思っていたのに、相変わらずの母の地獄耳。春来は妙に恥ずかしくて、思わず歯を食いしばる。

夏枝はそしらぬ顔で、汚れた食器を洗っている。

その晩も帰りに、夏枝を飲みに誘った。断られた。

それから、夏枝は週に二、三日の頻度で春来の実家にくるようになった。いつくるのか、と本人に聞くのはさすがに気がひけたし、夏枝のくる日だけ顔を出すのはどう考えても不自然なので、春来は店の仕事の合間に、ほぼ毎日出向くようにした。はじめはどういうわけか若干迷惑そうにしていた母だったが、体が不自由な今はなんだかんだ助かるようで、そのうち「今日は何時にくる？」などとＬＩＮＥしてくるようになった。

店のほうはナビとナビの友達のおかげで問題なく営業できていた。美穂は依然休んでいて、かわりに智樹がときどき店に顔を出した。しかし智樹は智樹で、多忙なのか女と毎晩よろしくやっているのかいつも疲れ切った様子で、会うたびにやつれていくようにも見えた。が、なんとなく事情は聞きにくかった。

母のケガから一カ月半が過ぎた五月下旬、ようやく手術日が決まった。入院期間は八日間。母の病院も、見舞いはまだ解禁されていなかった。

夏枝が望んだので、当日は二人で入院につきそった。この日のためにわざわざ有休をとったらしい。医者や看護師からの説明も三人で聞いた。夏枝は何度か年配の医師に「お嫁さん」と呼ばれていたが、とくに否定はしなかった。

病棟に向かうエレベーターの前で母と別れた。夏枝が「お腹すいた」と言うので、最上階にあるレストランへ向かった。

二時過ぎだったのもあり、客はまばらだったが、家族連れが多かった。その中に交ざって夏枝と二人で定食なんて食べていると、自分たちは長年連れ添った夫婦なんじゃないかと、ふいに思えてくる。

「もし、わたしたちが大学でも付き合ってて、そのあと結婚してたら、夫婦としてお母さんをつれてきてたんだよね」夏枝がハンバーグを箸で割りながら言った。「子供も二人ぐらいいてさ。もう高校生とかかな。こんなふうにおしゃべりできる夫婦になってるかな。それとも、お互い大嫌いになってるかな」

「どうだろう。なんだかんだ、うまくやれてるんじゃない？」

「そうだよね。春くん、やさしいし。前の夫と結婚するより、よっぽど幸せになれたんだろうなあ」

なんだか急にドキドキして、夏枝の顔が見られなくなる。中学生男子みたいにしょうが焼きをがつがつ食べはじめる。

「ずっと一人でいいやと思ってたけど、なんだか今回のことで不安になっちゃった。五十代とか、六十代ぐらいまでの自分の姿はなんとなく想像できても、七十代となると未知って感じ。あんなふうに急にケガしたとき、一人でどうにかできるのかな」

俺が助けてやるよ——そう言ったら、どうなるだろう。しかし、そんな言葉は到底、出てこない。

「まあ、冬さんとお互い困ったときは助け合おうって言いあってはいるんだけどね。でもさあ、冬さん、あの食べっぷりで長生きできるのかなあ。健康診断の数値はいつも花丸だって、自慢げに言ってるけど」

「あ、それつい昨日も店で言ってたよ。休憩中に肉まん三個食いしながら」

アハハハ、と夏枝は笑う。「目に浮かぶ〜。この間なんて、二人で定食おかのにランチ食べにいったんだけどさ、あそこのランチってワンコインで安いけど、ちょっと量が少なめじゃない？　だから冬さん、A定食とB定食とC定食、三つとも食べるって言い出して、本当に三人前をご飯粒一つ残さず食べきっちゃったんだよ。なんかさ、冬さんの食べっぷりってあまりに豪快で、見てると爽快感すらあるんだよね。ユーチューブで、大食い動画とか人気あるじゃない？　あれを生で見てる感じ」

高校時代にほんの少しの間だけ付き合っていたときも、大学時代に友達付き合いをしていたときも、こうして夏枝のおしゃべりを聞いているのは楽しかった。女性と二人きりになると、自分が会話をリードしなければ、相手を楽しませなければと勝手にプレッシャーを感じて息苦しくなる。真冬に対してだって、ときどきそんな気持ちになる。しかし、夏枝だけは特別だった。プレッシャーなど一度も感じたことがない——一緒にいて楽、というのは、こういうことなのかもしれない。

「それでさ、冬さんが……って、なんだかわたし、さっきから一人でしゃべってるね」

夏枝がふいに、我に返ったように言った。「うざくない？」

「いや、聞いてて楽しいよ」

そのとき、二人の視線がかち合った。お互い、なぜかさっとそらしてしまう。ほんの一瞬、つかまえることもできないほどの一瞬の、気まずい空気。

──もしかして、お互いに、同じ気持ちでいる？

「あ、そうだ。秋くんだけどさ、最近、川口の家族とよく会ってるじゃない？　息子くんの絵の指導とか言ってるけど、あれ、半分嘘だってしってる？　実はね、向こうでよくいくカフェがあるらしいんだけど、そこの店員さんと仲良くなって、付き合いはじめたらしいよ。すごくない？　なんであの人って、すぐ恋人できるんだろ？　ずるくない？」

夏枝は何事もなかったかのようにまたおしゃべりをはじめ、春来はすっかり冷めたみそ汁をすすった。レストランの窓から、午後の明るい日差しが入り込んでくる。もし俺たちが夫婦だったなら。これまでも、この先も、こんな穏やかでぬるったい時間が積み重ねられていく。

近くに住んでいる妹のところに寄るという夏枝と、病院前で別れた。別れ際、余ったおかずをたくさんもらった。その後、春来は駅前のほうの店にいき、深夜まで仕事をしたあと、帰宅した。

部屋は、ずっとゴミ部屋のまま。

しかし、食べるものは普段とは違う。夏枝の手作りのおかずだ。

白和え、きんぴらごぼう、鶏ハム。それにスーパーで買ってきた、レンジで温めるパックご飯。酒は今晩は、やめておく。

おかずはどれもおいしかった。誰かが自分のために作ってくれた（正確には母のためだが）と思うと、味もひとしおだ。

次に夏枝に会うのは、母が退院するときになりそうだった。その日も有休をとったらしい。

春来は箸をテーブルに置いた。腕を組んで、テーブルに並んだおかずをながめる。どれも皿には盛らず、タッパーのまま出した。味は文句なしだが、食卓の景色としては、やはり味気ない。

これから、自分がやるべきことは、何か。

俺はずっとそうだったのだ、と思う。やるべきことから目をそらし続ける人生だった。後悔ばかりが、ゴミ山のように積み重なっている。紗枝ときちんと向き合わなかったこと。売れる小説とは何かを一度でもまともに考えず、書きたいものだけ書き散らし続けてきたこと。あるいは見込みのない夢をさっさと捨て、自分にもっと向いていて、かつ確実な収入が得られる堅実な仕事に就くことを、まじめに検討しなかったこと。そして何より、紗枝と別れたあと、もっと積極的に結婚相手を探さなかったこと。

面倒なこと、しんどいことから全力で目を背け続けてたどり着いたのが、このたった一人のゴミ部屋だ。

このままここでひとりぼっちで暮らし続けていたら、きっと、いや確実に心を病んでしまう。さみしさにすべてをむしばまれて、俺はおかしくなってしまう。幸せそうな人たちを憎み、攻撃的になり、すべての人から存在を疎まれるおっさん——それが十年後、いや五年後の自分かもしれない。そういうおっさんがしょっちゅう店に酒や煙草を買いにやってきては、若い店員に因縁をつけたり、大声を出したりする。いつだかバイトの若い女子が言っていた。

「あーあ、あのおじさんのことを愛している人、この世に一人もいないんだろうなあ」

あんなふうになりたくない、絶対に。

きっと夏枝も同じ恐怖を抱いているのではないか。だって同じ、高齢独身者なんだから。誰からも愛されないさみしいおばさんにはなりたくないと、毎晩震えながら眠っているのではないか。

「よし」と春来は口に出し、また箸を持って鶏ハムをつまみ、口に入れた。絶妙な塩加減に思わず「うまいっ」とうなる。

次に夏枝に会ったときに、プロポーズしよう。

母は予定より一日遅れて退院した。約束通り夏枝と一緒に迎えにいき、帰りに母のたってのリクエストでうなぎを食べにいった。その晩、夏枝はそのまま春来の実家に泊まった。俺も泊まる、となかなか言い出せず、二人が寝支度を済ませたあとももたもたと居座っていたら「邪魔だからはやく帰って」と母から言われてしまった。プロポーズどころか、照れくささとプレッシャーで、夏枝とまともに目を合わせることすらできなかった。

その日以降も夏枝はマメに母のもとにやってきて、ときには春来の代わりにリハビリにつれていってくれた。夏枝と二人きりになるチャンスはいくらでもあったが、結婚のけの字も口に出せないまま、季節はうざったい梅雨のトンネルに突入し、やがてそれもあっけなく抜け出して、みじかい夏がやってきた。

八月はじめの晩、三人で夕食を食べているとき、母が唐突に言った。

「夏枝ちゃん、もうこなくていいから」

その晩の献立は、よだれ鶏、麻婆豆腐、枝豆、白米。最近は夏枝の食事にありつくために、店の仕事がある日もわざわざ中抜けしてくるようになっていた。

「もうなんでも一人でできるし。いつまでも夏枝ちゃんに甘えてたら、何にもできないわ」

確かに母は担当の理学療法士いわく〝驚異的な〟回復力を発揮し、今では杖もサポーターも必要なしで歩けるようになっていた。車の運転はさすがに控えているので隣駅のイオンは厳しいが、近所にある小さなスーパーにはすでに一人で通えている。

「わかりました」

あっさり答えた夏枝の横顔を、春来は思わず、じっと見つめてしまった。

「今までありがとね。助かったわー。ご飯もおいしいのにヘルシーで、ケガしてから一キロも増えてないの」

「お母さんがちゃんとリハビリしてたからですよ」

「そうそう、リハビリがてら、たまに買い物いったり、映画を見にいったりしましょうね。夏枝ちゃんがヒマなときでいいから」

「ええ、ぜひそうしましょう。じゃあせっかくだし、今日は最後に泊まっていきます」

それから二人はいつものように、韓国のアイドルやゴルフの話題で盛り上がっていた。食後はリビングに移動し、最近二人でハマっている韓国ドラマを見はじめた。春来は二階にあがって意味もなくうろうろしたり、風呂場にいって水漏れしていないか探したりした。すると、風呂場の換気扇がかなり汚れてしまっていることに気づいた。さっそく流しの下から雑巾とバケツを出し、せっせと掃除しはじめる。さっきから尻ポケットでスマホが振動し続けている。真冬からの、はやく帰って来いという催促の電話だと思われた。

今夜、途中で手を止めて、このままここを離れたら。スマホの電源を切った。

プロポーズする機会を永遠に失ってしまう。そんな気がした。次にいつ夏枝に会えるかわからない。川口に入りびたりの秋生のせいで、四人で集まることは、最近ほとんどない。自分から声をかけたとしても、実現するのは当分先の可能性がある。わざわざ夏枝だけを呼び出すのは変だ。理由がない。照れくさい。なんとか今夜、二人きりになれたら。やっぱり今日は帰る、なんて言い出さないだろうか。

そして二人きりの帰り道、いろいろなことがうまくいって、夏枝のほうから「わたしたち、結婚する？」なんて、言ってくれたら……。

物音がした。春来ははっとして手を止めた。誰かがやってきたようだ。

「あんた、何やってるの？」

母だった。

「風呂に入りたいんだけど」

「あー、ごめん。換気扇、掃除してた。すごく汚かったから。もう終わる」

「なんなの、急に」

ちっと舌打ちの音が聞こえた気がした。自分があまりに情けなくて、笑えてさえくる。何やってんだ、俺。心の中でつぶやきながらもたもたと掃除道具を片付け、とぼとぼとリビングに向かった。

台所を通って、二人がいるリビングに顔を出そうとしたときだった。「春来」と自分の名前が聞こえた。とっさに足を止め、二人から姿を見られないよう、数歩下がって食器棚の陰に身をひそめた。

「実際のところ、どう思ってるの？」母の声だ。「春来のこと。悪くない組み合わせだって、わたしは思うんだけど」

「うーん」と夏枝の声。

「夏枝ちゃん、わたしは真剣なの。今、ほんっとうに真剣に話してる。あなたたち、結婚しなさいよ」

「うーん」

「もし今更照れくさいって言うのなら、わたしが仲人してあげてもいいから」

まさか、こんな展開になるとは。ドキドキしてきた。思わず左右のこぶしをぎゅっと握る。

「春くんは、もっと若い子がいいんじゃないですかね。子供もほしいかもしれないし」

夏枝ははぐらかすためか、わざとふざけたような口調で話している。そんなことない！　と二人に割って入りたかった。

「そうだとしても、もう贅沢言ってる場合じゃないでしょ。あの子はね、このまま独身だったら終わりよ。まともな食事もとらないで、酒ばっかり飲んで、病気になって孤独死まっしぐら。この間、着物友達から聞いたんだけどね、既婚男性、既婚女性、未婚女性、未婚男性の中で、未婚男性だけ死亡年齢が若いんだって。あの子には、夏枝ちゃんの支えが必要よ」

沈黙。もはや「うーん」の声すら聞こえない。

「夏枝ちゃんだって、将来が不安でしょ？　こんなふうにおばあさんになってケガでもしたらどうするの？　歳とるとね、一人じゃなんにもできないのよ、本当に」

依然、沈黙。掛け時計のカチカチという音が、やけに大きく聞こえる。

「……あの、本当におおげさでも、なんでもなく」夏枝はようやく語りだした。「四十過ぎてからのわたしは、春くんのおかげで生きていられてるんですよ、本当に。春くんがいるから、今、とても幸せなんです」

鼓動がさらに跳ね上がる。すべてが、自分の思い通りに、運んでいく気がする。

「わたしって、本当に男運なくて。運というか、まあ、自分が変な男を選んでいるだけなんですけどね。わたしが今まで付き合った人の中で、わたしの話をちゃんと聞いて、心から笑ったり反応してくれたりするのは、春くんだけです。ほんっとう、男って女の話、聞かないですよね。前の夫なんて、わたしが職場の愚痴話でもしようものなら、もの数秒で目つきがうつろになって……ってまあそんなことは横に置いておいて、とにかく、春くんみたいな人は、本当に二度と出会えないって思います。わたしは離婚するとき、これからはこの人のために生きるのもいいな、いや生きようって思ったんです」

「つ、つまり?」と母が聞く。春来も心の中で「つまり?」とつぶやく。

「つまり」と夏枝。「つまり、夫とか、子供とかじゃなく、友達のために生きるっていうのも悪くないって、わたし、思ったんですよ」

「友達」と母が繰り返す。春来もまた、口の動きだけで「友達」と言った。

「今、春くんとか、ほかの友達とときどき会ったり、困ったことがあったときは無理のない範囲で助け合ったりしながら、基本的にはみんな一人で、一人だけで頑張って生きるっていうかたちが、とてもいいなと思っていて。誰かのために生きるっていうと、たいていそれは家族とか、恋人になるじゃないですか。でも家族とか恋人って関係だと、どうしてもどちらか一方がどちらかのお世話したり支えたり、なんていうか、バランスが偏りがちになっちゃう気がして。わたしは、そういうのは、もういいんです。友達としてなら、お互いずっと対等でいられるかもしれない。友達とだって、わたしは、人生はわかちあえると思うんですよ。友達のために生きながら、基本的にはわたしは、自分のお世話は自分でする、そうやって生きていきたいんです。

えーっと、で、だから、なんだか、話しててよくわかんなくなってきちゃった」

えへへと夏枝は笑った。母はしばらく無言でいたが、やがて「言ってることの半分よくわかんないけど」と低くつぶやいた。

「友達のために生きるとか、そういう青臭いのはよくわかんないけどさ。まあ、何年残っているかもわからないこの先の人生を、男の世話に費やすなんて、ごめんよね。わたしだってそうだわ」

それから今度は二人でハハハと笑った。そのあとすぐ「春来ー！」と母が自分を呼ぶ声がした。

「何してんのー？　まだ終わんないのー？」

春来はいったん風呂場に戻り、心の中で五秒数えてから、リビングに顔を出した。そして、言った。

「掃除、終わったよ、じゃあ俺、帰るわ」

いつの間にか二人はテレビのニュース映像に夢中になっていて、返事はなかった。画面には、警察署らしき建物から出てきて、居並ぶカメラを前に一礼する男が映っている。ここ数カ月、給付金誤入金事件で世間をにぎわせた男が保釈されたらしい。やけに長く量も多い髪の毛がすさまじい強風にあおられて、まるで男のプライバシーを守ろうとするかのように、顔面を覆いつくしていた。その滑稽な姿を、二人で楽しそうに笑って見ている。

ゴミ部屋に帰る気にならず、家の近所をぐるぐる歩き続けていた。そして気づいたら、夏枝が普段よく散歩しているらしい公園にたどり着いていた。

この近辺での生活は夏枝よりずっと長いが、春来自身はここにくることはめったにない。散歩するという習慣をもったことが、かつて一度もない。

もう夜も遅い時間だったが、夏休みがはじまったばかりということもあってか、人出は多かった。中央の広場までくると、花火を楽しんでいる家族連れが何組かいた。鼻と目を刺激する煙が懐かしく、つい近くのベンチに座ってしまう。

何を考えたらいいのか、よくわからなかった。はっきりしているのは、自分の間抜け極まりない目論見は、どう考えても成功しない、ということだった。

何を考えたらいいのか、本当にわからない。

ただ、夏枝の声が頭の中をぐるぐる回っていた――わたしは、そういうのは、もういいんです。

何度も何度も反芻しているうちに、夏枝だけでなく、これまでにかかわったすべての女たちに言われているような気がしてきた――そういうの、もういいんです、あなたのお世話はもうしたくないんです、一人さみしく生きていってください――と。母や、真冬や、これまで知り合ってデートしてきた女たちや、紗枝や、美穂や。結局自分は、人生のパートナーではなく、自分の世話をしてくれる人を求めていたのだ。気づいていたが、目を背け続けていた事実。必死で求めながら、その一方で、なぜ女たちは俺の世話をしないのだと怒りくるってもいた。そして拗ねていた。ふてくされていた。ゴミ部屋で一人、安い酒を飲みながら。

なぜ拗ねてはいけないんだと反発する自分もいる。さみしいんだから仕方ないじゃないか。助けてくれたっていいじゃないか。なぜ女たちだけひとりぼっちで平気なんだ。ずるいじゃないか。男は弱いんだ。助けてくれよ、温めてくれよ、優しくしてくれよ。

父の背中。

夜の台所で、下着姿でインスタントラーメンをゆでていた父の背中。あるとき、そばにいる春来に気づいた父が、振り返って「もっとうまいもん食いてえよ」とつぶやいたことがあった。気の毒でたまらなかったし、作ってやらない母が憎かった。

父もずっと拗ねていた。拗ねながら死んだ。そうなのだろうか。

そんなふうにはなりたくない、と強く思う。今の自分と父とで、大きく違うことが一つだけある。今、自分には、こんな自分のために生きたいと言ってくれる人がいる——友達として、という条件付きではあるけれど。それでもきっとこのままじゃ、いつか見捨てられてしまうかもしれない。そうならないために、どうすればいいのか。

答えはもう、わかっていると思う。ただ、それを認めるのが、まだ少し怖い。

俺はこのままひとりぼっちで、生きていくしかないのだろうか。

翌日、夜八時前に店の仕事を終え、帰りにスーパーに寄った。いつもはショートカットする野菜売り場にまっすぐ向かい、スマホでレシピを確認しながら、にんじんとしめじとえのきをかごに入れた。ほかに鶏もも肉と油揚げ、調味料は醬油しか持っていないので砂糖と酒とみりん、そして米。計量カップと計量スプーンも売っていたので買い物かごに入れた。糖質オフの発泡酒となくなりかけていたトイレットペーパーも足したら、指がちぎれそうなほどの大荷物になってしまった。

帰宅すると、やはりゴミ部屋はゴミ部屋のままで、しかし時間がないのでとりあえず床に転がった衣類や毛布などを足でよけて通り道を作ると、手洗いうがいをし、そして、台所に立った。

それから。

何年前に買ったかもわからない刃こぼれしまくっている包丁で約一時間かけて野菜や肉の下処理を終え、米を研ぎ、調味料と具材を混ぜて炊飯器にセットした。数十分後、炊飯器から炊きあがりのメロディーが流れてきて、ドキドキしながらふたをあけると、そこにあったのは。

色のついた、粥。

第一印象は、それだった。

おそるおそる、しゃもじですくって、一口食べてみる。べちゃべちゃな上に、少し塩辛かった。思わず「なんでだよ」とひとりごちる。レシピ通りにやったはずだった。買ってきた計量スプーンと計量カップもちゃんと使って、正確に分量を量ったはずだった。なぜこうなるのか。

しばし考えて、春来はスマホで目の前にあるべちゃべちゃの色つき粥の写真を撮った。それを夏枝にLINEで送り、続けてこうメッセージを打った。

たまには自炊しようと思って炊き込みご飯にチャレンジしたら、失敗した。

送信してすぐ、取り消した。

じゃあ、わたしが作ろうか、という返信を期待している自分に気づいたからだ。画像も既読がつく前に取り消した。そのままスマホで「炊き込みご飯　失敗したら」と検索した。すると、電子レンジを使って復活させる方法があることがわかった。色つき粥を皿に薄く盛り、レンジで加熱しながら、ときどき水分を飛ばすようにしゃもじで混ぜてやるといいらしい。

何度か繰り返すうち、かなりマシな状態になった。が、味が塩辛いのはどうにもならない。

それでも、できあがったものをどんぶりにたっぷり盛り、テーブルに持っていって、糖質オフの発泡酒で流し込むようにして食べた。あまりになさけなくてみじめで、もういっそ、笑えてくる。こんな生活、とても続けられそうにない。自分で作ったまずい飯を自分一人で食べる。あまりに物悲しい。悲劇だ。耐えられない。

――わたしは、そういうのは、もういいんです。

それでも、俺は。俺は、このままひとりぼっちで、生きていかなければいけない。自分で自分の世話をしながら、これからはもっと健康的に、規則正しく、身の回りを清潔に整えながら生きていかなければいけない……のだろう。誰かの世話を求めて、怒りくるって拗ねてふてくされながら、おかしなおっさんに成り果ててはいけないから。あなたのために生きる、そう夏枝に思い続けてほしいから。

ようやくすべて食べ終えた。しかし炊飯器にはあとどんぶり三杯分はある。捨てたら負けだ、となぜか思う。冷凍しておいて、意地でも全部食べきってやる。

そして明日は、部屋の掃除をしよう。そう固く決意する。絶対にさぼらない、絶対、絶対にだ。何度も自分に言い聞かせ、糖質オフの発泡酒をぐっとあおる。まずい。糖質オフなんてくそくらえだ。

2023年　冬　第101代内閣総理大臣

夏枝が鍋のふたをとると、ぶわっと湯気が広がり、ほかの三人は子供みたいに「わあっ」と声をあげた。

「おいしそう、いいにおい〜」

「ささ、食べよ、食べよ」

「いただきまーす！」

「レモン鍋か、さっぱりしていいね」秋生が豆腐をはふはふとほおばりながら言った。

「歳とるとさ、この手のさっぱり味がほんとにしみるよな」

「まだ家にいっぱいあるから、あげるよ」真冬は言った。鍋の素は先月、一人旅で出かけた広島で買ってきたものだった。

「なんかさ、今日スーパーにいって改めて思ったけどさ」と夏枝。「マジのマジで、物価やばいよね」

それから真冬以外の三人は、やれトマトが高いだの、インスタントラーメンが三袋入りになって価格をごまかしているだの岸田さんは庶民の苦しみをわかってないだのと語りだした。真冬は三人の顔を順繰りにながめながら、じっとタイミングをはかっていた。普段、会話に割って入ることなんて息をするように自然にやっているのに、今日はやけに難しい。

「どうしたの？　冬さん」そう声をかけてくれたのは、意外にも春来だった。「今日は大人しいね」

「あ、お肉足りない？」と夏枝。「まだたっぷりあるよ？　追加する？」

「あ、いい。あのそうじゃなくて」真冬は箸を置き、両手を組んでもじもじともんだ。「実はちょっと、みんなに聞いてほしいことがあって」

「なになに？　恋バナ？」と秋生がにやにやしながら、顔をのぞきこんでくる。

真冬はうなずいた。「うん、まあ、恋バナ」

そう言った瞬間、ふふふふふと笑いがこみあげ、追って幸福感がせりあがってきた。このわたしが、友達に恋バナをする日がくるなんて、夢みたい。

真冬は食卓に頬杖をつき、はじめて彼に会ったあの日のことから、順を追って話していった。三人の顔は全く視界に入っていなかった。ただただ、彼との楽しい思い出ばかりが、目の前に広がっていた。

「……というわけで、今、わたしは人生ではじめて、恋人ができるかもしれないってところまできてるんです」

そう言ってようやく、三人の顔を見る。あれ？　と一瞬、思う。笑っていない。こわばっている。思っていた反応となんだか違う。

「……あの、まだ、その、二人きりで出かけたりとか、そういうことはないんだよね？」秋生が言った。

「そうなんだよねー」と真冬は首をひねる。「彼も奥手っていうか、恋愛経験もあんまりなさそうだし、どうしたらいいのかわからないんだと思う。誘いたいのかなって、気配は感じるんだけど」

「け、け、気配とは」と春来。

「仕事してても、あー、今、話しかけたいのかなってしょっちゅう感じるの。だって、いつもわたしのこと見てるんだもん。男の人って、本当にわかりやすいよね。この間なんて、わたしが髪をお団子にしていったら、なんだかドギマギしちゃってて……」

「ドギマギ……」と夏枝。

「あのね、三人に聞きたいのは、この先、どう進展させていったらいいのかってことなの」そう言って、真冬は顔の前でぱちんと手を合わせた。「ご存じの通り、わたしはそっち方面の経験って全然ないから、どうしたらいいのかよくわからなくて。でも、このままでは何も進まないし、自分からいくしかないって思ってる。そこで、経験豊富なみなさんに、ぜひご教授願いたいってわけ」

真冬はわくわくして三人の顔を見回した。しかし、誰も何も言わない。

「……と、とりあえず」しばしの沈黙のあと、夏枝がようやく口を開いた。「付き合うとか、そういうことは考えずに、少しずつ仲良くなっていけばいいんじゃない？」

「そうだね」と秋生。「あんまり、先走りすぎるのはよくないと思うよ」

「向こうから何か具体的なアクションがあるのを待てばいいんじゃないかな？」春来が言う。「なかったら、まあそれは、脈なしということで」

「脈なしってことは、ないと思うけどなあ。だって、興味もない相手と毎日一緒にお昼食べたり、一日に何回も話しかけたりする？」

三人は「う、うーん」と小さくうめいたり、困ったように首をかしげたりするだけだ。

やっぱり、思っていた反応とは違う。

春来がマッチングアプリや誰かの紹介などで女性と知り合った話をしたとき、夏枝と秋生はノリノリな様子で「今度こそいけるんじゃない？」「その反応は、春くんに気があるってことだよ」なんて言っていたのに。どうして自分には同じことを言ってくれないのか、真冬にはまるでわからない。

もう十分仲良くなったし、十分待った。でも一向に進展しないからこうして相談しているのに。

そのうち三人はまた物価高の話をしはじめた。冬野菜も平年より高いらしいだの、米はまだ頑張ってるほうだの。真冬は仕方なく、食べることだけに集中することにした。そして気づくといつも通り、一人で半分以上もたいらげてしまっていた。

彼——本庄保志《ほんじょうやすし》と出会ったのは、今年一月のことだから、もうまもなく一年になる。

将来のことも考えて、コンビニ以外の仕事もできるようになっておこうと派遣会社に登録し、週三日、通信会社でデータ入力の仕事をすることになった。彼はその派遣先の、研修講師だった。

とはいえ彼は管理職というわけではなく、ただのベテラン非正規職で、研修が終わったら真冬の隣の席で同じ仕事をした。管理職や運営の正社員をのぞくと、中高年層の女性ばかりの職場で、彼はほぼ唯一の独身男性だった。歳は真冬より少し下の四十二歳、小柄で薄毛、さえない見た目をしているが、物腰がやわらかく誰に対しても親切なので、「ヤスくん」とみんなに呼ばれて人気者だった。

研修三日目、新人全員と講師で、親睦もかねて一緒に食堂でお昼を食べているときだった。家族の話になった。それぞれが配偶者や子供、あるいはペットの犬や鳥の話をする中、保志はなぜか少しバツの悪そうな顔をして、こう言った。

「俺はいい歳して、去年まで母親と二人暮らしだったんですよ。母親、俺が高校のときに交通事故で障害者になっちゃって、ずっと俺しか、世話する人いなくって。去年亡くなって、ようやく自分の時間がもてるようにはなったけど、すっかりおじさんになっちゃってました、みたいな、ハハ。何もかも手遅れ、みたいな」

みんなは気まずそうな笑顔を浮かべながら、「今からでも遅くないですよ」とか「男の人なら何歳でも間に合うよ」などとほとんど意味のないことを口々に言い、そのあとすぐに話題は変わってしまった。それから食事が終わった順番に、それぞれ三々五々食堂を離れはじめたタイミングで、真冬は保志に「わたしもです」と声をかけた。

「さっきは何も言えなかったけど、わたしも実は子供のときから、病気とか障害もちの家族の世話してて、自分のことを全然できなかったんです。わたしも気づいたら、こんな歳になっちゃってました」

しかし保志は面食らったように硬直し、そのまま無言でそそくさとその場を離れてしまった。もしかして、彼は作り話をしたのかもしれない、と真冬は思った。

ところがその日の仕事終わり、ロッカー室で身支度をしていると、保志が「垣外中さん、ちょっといい？」と声をかけてきた。

「あの、昼休憩のとき、うまく返事ができなくて、なんだか、ごめんね。垣外中さんのお身内のこと、教えてくれてありがとう」

そのまま二人一緒に会社を出て、北風が吹きすさぶ駅までの道をともに歩いた。それぞれの子供時代、どのように過ごしてきたか、語り合いながら。当然、時間はまったく足りなくて、どちらからともなくお茶に誘い合った。駅そばのマクドナルドに入り、コーヒーだけで二時間近くねばって話し続けた。

もちろん、その程度で恋の予感を抱くほど、自分はうぶじゃないと真冬は思っている。「おじさんやおばさんは、少し優しくされるだけで自分に気があると思いがち」と前にコンビニの若い同僚たちが話しているのを聞いて以来、肝に銘じていた。実際、そんな若い店員たちに一方的に思いをよせて、連絡先を聞いたり手紙を渡したりする輩がときどき現れるが、ほとんどが自分と同年代の中高年層だった。

自分はそんなみっともない醜態は、絶対さらさない。そもそもこんな自分のこと——太っていて、ブスで、学歴もなくて仕事も非正規で、まともな家族がいない——を好きになってくれるような人が現れるほど、日本という国は甘くないのだ。

でも、けれど。それから、保志と休憩時間に雑談したり、食堂で一緒にお昼を食べたり、そんな時間を積み重ねていくうちに、生い立ちだけでなく、二人の間にもっと多くの共通点があることがわかっていった。食べることが好きなこと。一人旅が好きなこと。旅先でへんてこなおみやげを買って家にかざるのが好きなこと。恋愛に対する、どうしようもない憧れがあること。

二人の間に、何か特別なものが生まれようとしている——そのことに、真冬はずっと気づかないふりをしていた。いくつかのサインはキャッチしていた。朝、自分を見つけたときにだけ見せる、特別な笑顔。仕事の合間に、ふと重なり合う視線。髪型を変えたときの、あからさますぎる照れた反応。今まで一度も、誰かの優しさを好意だと勘違いしたことなんてない。だからこそ、今、はじめて胸のうちに芽生えているこの予感は、本物なのだろうか。いや違う、やっぱり勘違いだ。毎日毎分毎秒、葛藤していた。

予感が確信にかわったのは、十月のはじめ。ロッカー室で帰り支度をしていると、「垣外中さん」と保志がささやき声で呼びかけてきた。

「これ、鎌倉のおみやげ」

「え？　もういただいたけど」

昼間に保志は鳩サブレーを皆に配っていた。真冬は「垣外中さんは大食いだから特別」といって、余分に三枚もらっていたのだ。

「垣外中さん、アクセサリーをつけたことがないって言ってたでしょ。そういえば、鎌倉に天然石のお店があったなあって思い出して。垣外中さんに似合いそうなもの、探してきたんだよ」

受け取った小さな袋からそれを出して、思わず「わあ」と声を漏らした。アクアマリンとムーンストーンのブレスレットだった。

「つけてみて」

そう言われたものの、真冬は困惑してその美しいわっかを見つめていた。自分の薪のように太い手首に、はまるのか？

「あ、これゴムだから、結構伸び縮みするよ」

するとこちらの心中を察したように保志はそう言って、真冬の手首をとると、ブレスレットをつけさせてくれた。

「ほら、ぴったりだ！　わあ、やっぱりこの淡いブルーと白が、色白の垣外中さんに似合うと思ったんだよなあ」

自分の手首を、顔の上にかざした。ロッカー室の安っぽい蛍光灯の下で、それは奇跡のようにキラキラと輝いていた。

「店員さんにね、恋愛運にいい石はどれですかって聞いたんだよ。そしたらたまたま横にいたおばちゃんが急にわりこんできて、『これにしなさい、この石でうちの娘は結婚できたから』とか言ってきてさ。でも色もいいし、これしかないって思って買ったんだよ」

そして保志は、いたずらっぽく微笑んだ。「こんなものをあげるのは、垣外中さんだけだからね。みんなには内緒だよ」

その日以来、二人の距離は加速度的に近づいていった、そう真冬は感じている。同じシフトの日は、示しあわさなくても一緒にお昼を食べ、一緒に帰る。どちらかが仕事で遅れるときは、当たり前のように「先に注文して待ってるね」「リフレッシュルームで待ってるね」と声をかけ合う。休みの日は、LINEで何往復もやりとりをする。その日に食べたランチや、近所にいる野良猫の写真を送ったり、二人が大好きな水曜日のダウンタウンの感想を言い合ったり。

もうすでに、恋人も同然、といえばそうかもしれない。

ただ、休みの日に二人きりで、会ったりはしないだけ。

会社帰りにどこかに寄ったのも、あのマクドナルド、一度きり。

二人に足りないのは、一歩踏み出す勇気。それはわかっていた。できれば彼から、誘ってほしかった。女心、なんて陳腐な発想はしたくないけれど、でも、心の中の一番素直な場所で、そう願っている。彼のほうから、男らしく告白してほしい。

しかし、そう願い続けて、いつの間にかもう師走。一向に何も起こらない。このまま待ち続けるだけでは、ただの同僚という味もそっけもない関係から一歩も進めないまま、どんどん歳をとって、やがて自分は、死ぬ。

そして、暮れも押し迫ってきた。クリスマスイブは日曜日だったので、隣駅に新しくできた和食屋まで、夏枝と一緒にランチに出かけた。

店の前に五組ほど並んでいたが、ちょうど客の回転するタイミングと重なったのか、列についてすぐ入ることができた。店内にはフランク・シナトラの曲が流れていて、飾りつけも目いっぱいされてクリスマスムード一色だった。今年は派遣仕事をはじめたのもあって、命日のお参りをかねた長野旅行を見送っていた。テーブルについてぼんやりあたりを見回しながら、いつか保志と教会のクリスマスツリーを見にいけるだろうか、と思いをはせる。最近、隙あらば保志のことを考えてしまう。

「ここね、おしゃれな店だけど、ボリュームたっぷりで有名なんだって」

夏枝が言った。が、真冬はメニュー表を見てもとくに悩むことなく、夏枝と同じ量が少なめのレディースセットを注文した。「朝ご飯食べすぎたの」と言い訳をしたが、夏枝は何かを察したらしく、少し黙ったあと、「この間、話してた同僚の人と、どうなの？」と真冬に尋ねた。

「うーん」と首をひねっただけで、真冬は何もはっきりとは口にしなかった。

「あの、余計なことだとは百も承知だけどね、ほんと、承知してはいるんだけど、でもね、職場で誰かのことをいいなと思って、その、気持ちを伝えたりしてさ、そのままうまくいけばいいけど、そうじゃなかった場合、いろいろ、その、職場に居づらくなっちゃうこともあるからさ、慎重に考えてね」

つまり夏枝は、たとえ真冬から告白しても、ふられると思っているということだ。真冬は黙り込んでしまった。

「まあさ、わたしも昔、職場でいろいろあったりして、いらぬ心配しちゃっただけ！　あの、気にしないで。今の、やっぱなし！　忘れて忘れて」

　夏枝はすぐに話題を変えた。最近、生活を改めることを真剣に決意し、親孝行にまで精を出している春来のことや、今の恋人に結婚を迫られて困り果てている秋生のことを、いつも通り面白おかしく語る。真冬は雰囲気を悪くしないように、ふんふんと楽しく聞いているふりをしながら、内心で、しばらく夏枝たちとかかわるのは控えたほうがいいかもしれないと考えた。

　食事が終わり、店を出ながら、真冬は言った。

「今度のお正月の初もうで、わたしはいけないかもしれない」

「えー？　そうなのー？」と夏枝はレシートを財布にしまいながら振り返る。「まあでも、実はわたしも年末年始は忙しいかも。姪っ子の子守で」

　さっき食事をしながら、夏枝の妹が初期の乳がんで入院することになったと聞いたところだった。つい胸が痛んで「手伝えることがあったら……」と言いそうになったが、ぐっとこらえた。

「それに、春くんは年末からお母さんとかおばさん達をハワイ旅行につれていくって言ってた気がする。お金はお母さんが出すらしいけど。秋くんも、新しい恋人と一緒に過ごしたいだろうし。今回は四人での初もうで、見送りかもね。あー、毎年やってたのにねえ」

「再来年のお正月は、みんなでいこうね」

真冬は言った。再来年は、恋人のいる身で、みんなと初もうでにいきたい、きっとそうなるはず。

「冬さん、これから映画見に行くんでしょ？　たけしのやつだっけ？　駅いく？」

「いや、まだ時間あるから、歩こうかな」

「そっか、じゃあ、ここで」

店の角の交差点で、「よいお年を」と言い合いながら、夏枝と別れた。夏枝も春来も秋生も、自分にとってとても大切な存在だ。でも、今は少し距離をおくときなのかもしれないと、夏枝のほっそりとした背中を見送りながら改めて思う。ネガティブな気持ちになりそうなことは、当分誰からも言われたくない。

映画館のあるイオンまで、徒歩二十分。通りに立ち並ぶ店は、どこもかしこもクリスマスの飾りつけがされて、見ているだけでわくわくした。映画を見たあとは家に帰って、用意してあるチキンを焼いて、年に一度のシャンパンをあける。二十年物の小さなクリスマスツリーには、すでに飾りつけを済ませた。テレビは何を見ようかな。明石家サンタまで起きていられるかな。

あまりに幸せで、ふふっと笑いがこみあげる。一人でいたって、クリスマスはずっと楽しい。でも来年は。きっともっと温かくて、素晴らしいクリスマスになる。そんな気がしてしょうがない。

ただ一つ、目下の問題は、二人の間の距離をゼロセンチにする具体的な方法が見つからない、ということだ。

久しぶりに一人きりで、静かに年末年始を過ごした。コンビニも年末から改装のため休業していた。はっきりとは聞いていないが、春来は智樹からオーナー業を引き継ぐつもりでもあるらしい。とにかく最近は心を入れ替えて、いろいろなことを人任せにしたり、自堕落に生きたりするのをやめにしたそうだ。

派遣の仕事は二十八日が最終日だった。昼休憩の時間がずれてしまったので、お昼は一緒に食べられなかったが、帰りはいつも通り、二人で駅まで歩いた。

今年一年、同じ道を、彼と何度も歩いた。なんて素敵な繰り返しだろうと真冬は思った。駅前の交差点で大量にまたたくテールランプ、パチンコ屋のやかましいLEDビジョン、跨線橋の下を走り抜ける山手線、そんな都心のありふれた風景が、長野で一人きりでながめるクリスマスツリーよりもずっと美しくきらめいて見えた。

本当は最後ぐらい「お茶でもどう？」なんて言ってほしかった。しかし、駅に着くと保志はさっさと改札を通ってしまった。彼に続いてホームへの階段をのぼりながら、

「保志さん、お茶でも」の言葉をのどの奥から引っ張り出そうとした。が、どうしても出てこない。ようやく真冬が「や……」と言いかけた瞬間、「あ、俺の電車きてる！じゃあ、よいお年を！」と言って、彼は走り去ってしまった。

翌日は一人用のおせちを作り、できあがると写真を撮ってインスタグラムにアップした。インスタをすすめてくれたのは保志だ。フォロワーなんて一人もつかないだろうと思っていたが、保志がタグ付けのやり方を教えてくれたおかげで、同じ料理好きなユーザーが続々フォローしてくれて、もうまもなく百人を超えそうだった。

大みそかは春来の母からもらった飛騨牛ですき焼きを作った。元日はニューイヤー駅伝とおせちをつまみに昼から酒を飲んでぐでぐでと過ごし、二日は初もうでがてら浅草まで出かけた。

そして休暇最終日の三日の晩、布団に入って目をとじると同時に、素晴らしいアイディアがひらめいた。

バレンタインデーがある！　バレンタインデーなら、こちらから告白する理由になるじゃないか。それにとってもロマンティックだ。もしかすると、一月の自分の誕生日に、彼から何かアクションがあるかもしれない。が、もし、万が一、何もなかったら、バレンタインデーに手作りのチョコレートスイーツを彼に渡し、そのときに……と考えたところで、頭のクローゼットの奥にしまい込んだはずの古い記憶が、ふいに、ひょっこりと出てきた。

高校三年の冬。学校から帰ってくると、渚がトイレを失敗していた。渚が汚れた手であちこち触ったせいでトイレットペーパーがすべてダメになってしまっていた。急いで渚の体を洗い、その後始末を済ませると、近所のドラッグストアまで買い物に出かけた。その途中の公園で、見かけたのだ。

中学のとき同級生だった名前も忘れた女子と見知らぬ男子が、ブランコに座っていた。男子の膝の上にはチョコレートの箱。「うめえ、うめえ」と言いながらむしゃむしゃと食べていた。女子はうつむいて、指先をもじもじさせていた。真冬は思わず立ち止まって、その景色に見とれてしまった。

冬の空はどこまでも薄青く、空気は透き通り、地面ではすずめが二羽鳴いていて、何もかもが完璧な恋の風景だった。ふと女子がこちらに気づいて、「あ、垣外中さんだ」と言った。真冬はとっさに顔を隠そうと、髪の毛を払うようなしぐさをした。そのとき、何かひやっとしたものが指に触れた。渚の便だった。

記憶を再びクローゼットの奥に押し込めるように、ぎゅっと目を閉じる。そんなことはなかった。そんなみじめな思い出なんかなかったんだ。明日、会社終わりに本屋に寄って、レシピ本を物色しよう。ザッハトルテ、カップケーキ、チョコレートのどら焼きなんてのもいいかも。次々に脳裏に浮かぶおいしそうなチョコレートスイーツに今晩の夢を託し、真冬は眠りに落ちる。

一月の誕生日、保志はロクシタンのハンドクリームをくれた。が、その日はシフトの時間帯がずれていたので一緒に帰ることができず、それ以外は何もなかった。それから数日、真冬はさんざん考えて、バレンタインデーに渡すチョコレートスイーツは、これまで何度も作ってきて失敗の心配が全くないチョコパウンドケーキに決めた。合わせて渡すプレゼントは、西武園ゆうえんちのチケット二枚。テレビで紹介されているのを見て以来、西武園ゆうえんちの冬のイルミネーションを、いつか見にいってみたいと思っていたのだ。

もちろん、一緒にいこう、と言ってもらうために、二枚。さすがにそのぐらいは、言ってくれるだろう。

そして、迎えた当日。チャンスは帰り道。幸いにもシフトは同じ時間帯。とにかく、残業だけはなんとしても防がなければならなかった。

その日は特別忙しくもなく、保志も自分も、仕事をやり残すことなく帰れそうだった。保志は日中、中高年女性たちからたくさんのプレゼントやお菓子をもらっていて、まるでアイドルみたいな人気ぶりだった。

やがて、定時の五時半になった。真冬は早々にパソコンをシャットダウンし、荷物を片付け、退勤の記録をした。

保志の様子を見にいくと、まだ自席で何か作業している。彼はこちらに気づくと「いやあ、困ったなあ」と言って腕を組んだ。

「どうしたんですか？」

「いや、次の研修の資料を作ってたんだけど、内容を大幅に間違えちゃっててさ。いやあ、勘違いしてたなあ、やり直ししなきゃ」

「研修って四月ですよね？」

「そうだけど、気になるし、今日はちょっと残って、直してから帰ろうかな」

「あ、じゃあ手伝いましょうか？」と言ってすぐ、すでに退勤の記録をしてしまったことを思い出した。

「あれって、やり直せるかな。社員の人に相談して……」

「いや、できない」と保志はやけにきっぱりと言った。「遅くなりそうだし、今日は先、帰ってください」

保志は席を立ち、真冬を置き去りにしてどこかへいってしまった。仕方なく真冬はすごすごとロッカー室へ向かい、帰り支度をした。

が、やはりこのまま帰るわけにはいかない。リフレッシュルームで彼を待つことにした。残業するといっても、何時間もやるわけではないはずだ。長くても一時間かそこら。

不要な残業は基本的に禁止されているのだ。

ところが、一時間たっても彼は現れなかった。定時から一時間半たった七時過ぎ、さすがにおかしいと思ってロッカー室に戻り、愕然とした。

壁の洋服掛けに、保志のコートがない。

「あれー、垣外中さん。まだいたの？」

背後からそう声をかけてきたのは、一番遅い夜間帯シフトの橋本さんだった。真冬は彼女に「ヤスさんのこと、見ました？」と聞いた。

「ヤスくん？　十分ぐらい前に帰ったと思ったけど？」

「え！」と真冬は驚き、それから慌てて会社を出た。リフレッシュルームで待っていたとき、ロッカー室へ続く廊下が見える位置に座っていた。けれど、彼の姿は見なかった。いつ帰ったのだろう？「リフレッシュルームで待ってます」とＬＩＮＥもしたはずだ。そう思ってスマホを確かめると、メッセージは未読だった。

しかし、十分前に出たのが確かなら、走って追いかければ間に合うかもしれない。ひとつ息をつくと、夜の山手通りを、真冬は可能な限り全速力で走りはじめた。自分でもわかっている。太ったおばさんがぜえぜえあえぎながら走る姿ほど、間抜けで、おろかで、はた迷惑なものはない。現に今、すれ違った若い男がぎょっとした顔でこちらを見た。けれど、だけど、今がわたしの勝負どころなのだ。ここでやらなきゃ、いつやるんだ！　冷たい風が耳をきつくはじく。膝が大きな悲鳴をあげている。あまりに苦しくて吐きそうだ。しかし、真冬は走るのをやめなかった。今日の昼、「たくさんチョコレートもらって、モテモテですね」と真冬が言ったときに見せた保志の笑顔。保志は上の前歯が一本、下の前歯も一本、ない。だから笑うと、とてつもなく間抜けな顔になる。そこが、一番好きなのかもしれない、と真冬はそのとき気づいたのだ。おいしいご飯の話をいつまでもしていられること、少しでも疲れた顔をしていると「大丈夫？」と心配してくれるところ、落ち武者みたいにハゲ散らかした頭、ダサい服、小学生みたいに汚れたスニーカー、好きだ、全部好きだ。誰かを好きになるなんて、ずっとなかった。ずっとずっと、なかった。そんなこととは無縁の人生だった。自分には、許されないんだとすら思っていた。何十年ぶりに訪れた、恋心。絶対に、無駄にしたくない。

駅前の交差点が見えてきたときだった。信号待ちの集団の中に、保志の姿があった。その時点でもう心臓と膝が今にも破裂しそうだったが、最後の力をしぼりにしぼってさらに真冬は走った。駅の改札直前で、ようやくその後ろ姿に追いついた。

背後から、綿の飛び出した彼の古いダウンの袖をつかんで引き留めた。保志は「わあ！」と周囲の人が振り返るほどの大声を出した。

息があがってしまい、とても言葉が出てこない。真冬はぜえぜえと荒い呼吸を繰り返しながら、リュックからプレゼントの入った紙袋を出し、彼に渡した。

「あの……これ……」

ようやく、それだけ絞り出す。保志は恐る恐る受け取ると、紙袋の中をのぞいた。そして、薄いグリーンの封筒を取り出した。

「これ、手紙？」保志が聞いた。

真冬は首を振りながら、そうか、手紙でもよかったんだと思った。

保志はやっぱり恐る恐る封筒の中からチケットを取り出した。それを数秒見つめたあと、真冬が予想もしなかったことを口にした。

「わあ、西武園ゆうえんちのチケットだあ。イルミネーションがきれいなんだよね。うれしいなあ。今度、彼女といくよ」

その瞬間、世界が止まった。周囲の景色がぴたっとかたまって、ただ、目の前で保志だけがのんきに笑っている。

「とにかく、ありがとう。いやあ、うれしいなあ。じゃあ、また明日ー」

保志はいつもと全く同じ角度で手を振り、その場を去った。周囲の景色が再び動き出す。自分だけが、永遠にループする２０２４年のバレンタインデーという悪夢の中においてけぼりにされている。そんな感覚がする。

それでも、やがて、真冬は歩き出す。泣いたりなんかせずに。いつも通りのルートで電車を乗り継ぎ、家の近所のスーパーに寄って、夕飯の材料もきちんと買った。そして帰宅した真冬を待ち受けていたのは、先日受けた人間ドックの「要精密検査」の通知だった。

翌週には病院にいき、いくつかの検査を受けた。内視鏡検査を受けた際、自分の大腸内を映したモニターを見ると、グロテスクな盛り上がりがあった。そのとき、ある程度の覚悟はできていた。その後に下された診断は、ステージⅣの大腸がん。

思えばここ一年ほど、ときどき妙にお腹がはったり、便秘になったかと思ったら下痢したりと、少し様子がおかしかった。歳のせいだろうとあまり深くは考えてはいなかった。

頭のどこかは冷静で、別のどこかはパニックの果てに停止している。そんな感覚だった。その冷静な部分が真冬に「死ぬんですか?」と医者に問わせた。Ⅳが最後の数字だということは、もの知らずな自分でもさすがにわかっていた。つまりその先にあるのは、死。

しかし、真冬より十五歳は下に見える担当医は、どういうわけか余命については口にしなかった。開腹をしてみなければわからない部分も多く、術後にステージが下がることも少なくないらしい。が、そのあたりの説明はいまいち頭に浸透せず、すぐに忘れてしまった。

この後もいくつか検査が必要で、手術は早くても二週間先になるらしいが、腸閉塞だか腸ねん転だかの危険があるので、できる限りはやく、できれば明日にでも入院するように、というようなことを言われた。

病院の外に出ると、春先の強い風が吹いていた。これから、なにもかもが美しくきらめく新しい季節がはじまろうとしているのに、自分はそれを享受する権利を持っていないのだと真冬は思った。永遠にループする2024年2月14日に取り残されていたほうが、ましだったかもしれない。

そのとき、背後からきゃーっと若い歓声が聞こえた。振り返ると、制服姿の男の子が後ろに同じ制服の女の子をのせ、自転車でこちらにむかって走ってきた。真冬は邪魔にならないよう、とっさにわきによけた。二人は真冬などまるでその辺の木や草や石ころとかわらない無機物であるかのように一瞥もくれることなく、走り去っていった。

後ろの女の子のスカートが風に揺れて、黒い下着が見えた。自分は。自分は、あんなふうにすべてが光り輝くようなすばらしい時を、一秒も持てないまま、死ぬ。そういうことだ。

そのまま歩道の真ん中に立ち止まって、夏枝に電話をかけた。それ以外に何をしたらいいのか、皆目見当もつかなかった。

やらなければならないことは山ほどあったが、どこからどう手をつけたらいいのかまるでわからず、病院から帰ってきたあとも雑然とした部屋の真ん中に座って、日が暮れるまでぼうっとしていた。しかし、それから間もなく夏枝が現れ、そこから魔法にかけられたように何もかもがあっという間に片付いて、三日後には真冬は新品のパジャマを着て、病院のベッドの上でくつろいでいた。

もちろんそれは魔法でもなんでもなく、夏枝の類まれな事務処理能力のおかげだった。ありとあらゆるところにすみやかに連絡をし、すべてが最短で整うよう手配してくれた。あちこち適当に加入して何がなんだかわからなくなっていた医療保険も、もれなくすべての給付を受けることができそうだった。何より、会社に一日も顔を出さず退職の手続きができたことが、ありがたかった。

保志とは、ずっとまともに話せていなかった。

バレンタインデーの晩、帰宅したあと、真冬はいてもたってもいられず、ＬＩＮＥで彼にメッセージを送った。はじめて会ったときの気持ち、彼の親切がどんなにありがたくうれしかったか、そして、今となっては保志の存在が、自分にとってどれだけ大切であるか。できるだけ手短にまとめたかったのに、心の奥底から出てくる言葉の一つ一つがいとおしく、貴重で、とても省くことなんかできなくて、スマホの画面をはみ出すほどの長文になってしまった。

返事はなかった。朝になっても既読にならなかった。会社で会うと、あからさまにさけられた。保志だけでなく、ほかの同僚たちもなんだか妙によそよそしい感じがした。しばらくあとになって、親切な人が教えてくれた。

「派遣から直雇用になった人たちだけが参加できるグループLINEで、ヤスくんがあなたのことをいつもすごくバカにしてるよ」と。

実際にそのグループLINEのトーク画面も見せてくれた。誰かに聞かれたわけでもないのに、あの晩のことを保志はべらべら暴露していた。真冬が渡したチョコレートパウンドケーキの画像も載せ、「あの人の手で作ったもの、なんか食べたら下痢しそうw」とコメントしていた。

「少し優しくしてあげただけで、両想いだって勘違いしてるって、いつも言ってる。わざとやってるんだよ、あの人。気をつけてね」

だから、やめる言い訳ができて、よかったとすら思う。がんにならなかったら、恥ずかしさとみじめさに耐えながら、意地になって出社し続けていただろうから。だって、自分はいつもそうだから。なんにでも耐えてしまうことだけが取り柄だから。真冬はそう思う。

「なあ、俺の話、聞いてる？」

病棟のデイルームのテーブルに頬杖をついて、春来が言った。

「あ、ごめん、なんだっけ？　考え事してた」

「だから、保険のことだよ。俺も入るべきかなあ。花丸クリーニングの勝男さんがさ、最近……なんだっけなあ？　鼻のなんかの手術で入院したんだけど、八人部屋だったって。両隣ともいびきのうるさいじいさんで、一日もまともに寝られなかったらしいよ」

「個室はいいわよ～」真冬は言った。「さみしいって言う人もいるけど、全然！　他人のいびきも鼻をかむ音も聞きたくないもん」

いつ加入したか全く記憶のない医療保険のオプションに、病室のアップグレードがあった。それを夏枝が滞りなく手続きしてくれたおかげで、個室に入ることができたのだ。

「それに夏っちゃんが言うには、給付金もけっこうもらえて、入院費は足が出ないどころか、ちょっと豪華な温泉旅館に泊まれちゃうぐらいのおつりが出るかもしれないって」

「いいじゃん！　退院したらいってきなよ」

とっさに、返す言葉が出なかった。そんな日が、くるんだろうか。

春来も何かを察したのか、しまったという顔になる。そしてすぐに「俺も保険入ろうかな」と話題を戻した。

「いざというときに、いろんな人に迷惑かけたくないしさ。最近、本当にまじめに考えてるんだ。一人で、できる限りきちんと生きて、一人きりで、できる限りきちんと死ぬにはどうしたらいいのかって」

そう言ってまた、しまったという顔になる。真冬は何にも気にしてないと伝えるために、明るい声で「店長、最近何かあったの？」と聞いた。

「だって、本当に店のオーナー業も継ぐって話じゃない。お酒も少し減らしたんでしょ？　もしかして……彼女できた？」

なぜか、ほのぐらい気持ちになっている自分に気づく。春来は首を振った。

「できてないよ。なんていうか、彼女がどうとか、結婚がどうとか、そういうこと以前に、自分で自分の生活を立て直さなくちゃいけないって、ただ思っただけ。彼女がいないから、結婚できなかったからってふてくされて生きてたら、ますます不健康かつ不幸になっていくだろう？　そのループは結局、自分で断ち切るしかないんだって、ようやく受け入れたっていうか」

「まあ、よくわからないけど、健康的に暮らすのはいいことだよ。店長、前より顔色もいいし、生き生きして見える」

「そうかなあ」とため息をつく。「今は無理にでもきちんとしなきゃって、がんばってる部分もある。でも、ときどきふいにこみあげてくるんだよな。一生ひとりはさみしいな、誰かそばにいてくれたらなって」

「さみしいときはわたしに電話してくれてもいいよ。最近、超ヒマだし」

「違うんだよ。もっと若くて、かわいくて、おっぱいの大きい子がいい。そんな女の子の甘い香りにつつまれて眠りたいんだよ」

あまりにあけすけな身もふたもない告白に、真冬は笑ってしまう。この病院は面会制限が解除されているが、一回につき一人までとされているので、春来、夏枝、秋生の三人がほぼ毎日かわるがわる見舞いにきてくれていた。そのとき彼らは、四人でいても決して口にしないような、一歩踏み込んだ悩みや苦しみを、真冬の前でなぜか吐露していく。昨日やってきた秋生は、ここ一年ほど勃起障害ぎみだといい、「俺はもう男として終わりかもしれない」と半泣きになっていた。一昨日は夏枝が「ここ数年、あまりに男日照りが続いてるせいか、外で若い男の子を見ると、『やりてえ』って気持ちがわいてくるの。若ければ若いほどいいわけ。わたし、ショタコンかもしれない」とがんである自分よりも青白い顔をして言っていた。

みんな、わたしが死ぬって思ってるんだ。真冬はいつもそう思う。だから、なんでも話せちゃうんだ。

「俺、本当におっぱいの大きい人が好きなんだなあって、最近しみじみ思うんだよ。マッチングアプリで知り合った看護師の子、覚えてる？　あの子のおっぱいを毎日思い出してる。まあ、裸を見たことないから、想像でしかないんだけど」

「あんた、もう五十路も間近で何言ってるの？」

あまりのばかばかしい話に、さすがにそう言わざるを得なかった。

帰る頃には、春来は妙にすっきりした顔をしていた。病棟のエレベーターに乗る前
「退院したら、あまった保険金でみんなで温泉にいこうぜ！」と言って、手を振った。

秋生も夏枝もそうだった。みんな好き放題話して、妙にすっきりした顔になって帰っていく。反対に真冬は、彼らには決して言えなかったが、見舞いのあとは気分が落ち込んだ。悩みも苦しみも、この先も人生が続いていくという前提があってこそ。見舞いなんてずっと禁止でもいいのに、とさえ思ったりもする。

そして夜は、いつもつらい。

入院してから何度か、夜中、保志にＬＩＮＥを送ってしまった。

返事はない。が、なぜかいつも既読にはなる。昨日送った、
今日、開腹したら、思っていたよりがんが広がっていた、という可能性もあります、と担当医に言われました。入院してから検査をいくつか受けたのですが、思っていたより状態は悪そうです。このまま、一度も恋愛とかできないまま死ぬのかなと思うと、さみしくてさみしくて息がとまりそうです。

というメッセージも、すぐに既読はついた。が、返事はない。
朝になって、なんでこんなこっぱずかしいメッセージを送ってしまったのだろうと、自分で自分を市中引き回しの刑に処したい気持ちにかられる。しかし、また夜がやってきて、明かりの消された消毒液臭い病室のベッドの中で一人、スマホを見ていると、これまで生きてきて自分に与えられた選択肢のそのすべてを間違えたような気持ちになって、つい、メッセージを打ち込んでしまう、今晩も。

手術がおわっても、つらい抗がん剤治療があるけど、それで余命が数カ月のびるだけなら、しなくてもいいかなって、思ったり。子供のときからいいことが何にもなくて。やりたいこと、ほしいもの、すべてを家族のためにがまんしてきて。そして今は、家族もなくひとりぼっちでがんになりました。本当にみじめな人生だったなって思います。だから、ヤスさんとの日々は、本当に、わたしにとって最後に神様からもらった宝物でした。

数秒迷って、結局、送信ボタンを押した。
朝になって、きっと後悔する。死ぬほど後悔する。でも、彼とつながっていたかった。

既読のマークがつく。それだけでも。自分の心からのメッセージを読んでくれる男性が、この世界に一人、いる。それだけでも。それがなかったら、本当に自分の人生には、何にもない。


やがて、手術日が決まった。

食事の制限がはじまる前々日は夏枝がきてくれることになっていたが、緊張のせいか朝から気分がすぐれず、やむなくキャンセルのＬＩＮＥをした。

本音を言えば、また夏枝のよくわからない悩み相談をされるのが、少々わずらわしいといえば、そうだった。

ところが午後二時過ぎ、いつも親切にしてくれる看護師が病室まで「面会きてますよ」と声をかけにきた。

「デイルームにいらっしゃるけど、どうします？　こっち呼びます？　ここ個室だから、ここで面会してもいいですよ」

「じゃあ、呼んでください」

春来と秋生のどちらかが、気を遣ってきてくれたのかもしれない。夏枝のことをわずらわしいとは思いはしたが、やっぱり誰かが自分を心配してくれるのは、それはそれでうれしかった。

「垣外中さん」

名字で呼ばれた。その声。そのとき、脳内にポリスの『見つめていたい』のイントロが流れはじめた。『アリー my Love』でアリーの恋人役のロバート・ダウニー・ジュニアがうたっていた曲だ。自分の人生にこんな瞬間が訪れるなんて。振り返ると、毎日毎分毎秒、ずっと見つめていたい大好きな男性が、花束を抱えてそこにいた。


「花、こんな感じでいいかな」

夏枝が持ってきてくれた花瓶に、保志が持参したアマリリスをいけてくれた。鮮やかな赤のおかげで、病室がぱっと華やいだ。

保志はベッド脇の椅子に腰かけた。真冬は背上げしたベッドに座り、サイドテーブルに乗せた湯呑を意味もなくこすりながら、何を話せばいいのか、喜べばいいのか怒ればいいのか、感情のおきどころさえわからず混乱していた。

すると保志が、つい数日前に一人で香川旅行に出かけたときの話をしはじめた。三日間、レンタカーを借りてひたすらうどん屋をはしごし続けたという。

「俺的に一番は長田 in 香の香かなあ。釜あげだから麵がぬめってぬるっとしたままなんだけど、かむともちっとして、濃い目のつゆともよくあってさあ。山越うどんも噂にたがわずよかったけどね。そうそう、うどんバカ一代の釜バターうどんも食べたよ。うん、間違いない。垣外中さんの好きな味だね」

おいしい食べ物の話。それはいつだって二人のメインテーマだった。新宿のリッチなのり弁、北千住のとろとろにとろけるレバニラ、池袋のしっかり卵の古き良きオムライス。ひとりぼっちで食べたものを、二人きりで話す。いつか一緒に食べにいきましょう。その一言が、いつも言えなくて。

「絶対に一度は食べるべきだよ」

「でもわたし、車の免許ないからなあ。香川のうどん屋めぐりってずっとあこがれてるけど、わたしには無理かも」

「じゃあ、今度一緒にいこうよ」

なんとなく、そんなことを言われるんじゃないかと、少し前から予感していた。けれど、真冬は何も言葉を返せなかった。ただ、目の前の湯呑を見つめていた。家からもってきた、けろけろけろっぴの湯呑。

「今度は垣外中さんと一緒にいきたいなって、旅してる間、思ってた。それだけじゃなくて、垣外中さんがやめてから、いろんなおいしいものを、垣外中さんともっと一緒に食べにいったり、すればよかったなって、思ったり」

保志の顔は見られなかった。保志もこちらを見ているわけでなく、自分の手元を見ているようだった。

「垣外中さんから、その、バレンタインのときに気持ちを打ち明けられたときは、少し戸惑ってしまって、それで、その、少し距離をおこうとしちゃったけど、でも、俺も……」

「わたし、疲れちゃったから、寝るね」

なぜかわからない。そんな言葉が出てきた。自分の愛を受け入れてもらえる。ずっと待ち望んでいたはずなのに、実際にそれが訪れてみたらどうすればいいのか全くわからず、自分で自分をうまくコントロールできない。

「帰るときは、受付に一言、言ってからにしてね」

そうかすれた声でつぶやいて、真冬は座った姿勢のまま目を閉じる。

「じゃあ、あの、また」保志はもごもごと言った。「手術、がんばってね」

椅子から立ち上がる音がした。しかしその後、なぜか足音が聞こえない。彼の気配、息づかいもすぐそばにある。けれど、目をあけて確かめることはできなかった。彼はいつまでもそこにいた。いや、もしかして、もういないのかもしれない。ネコ並みのしのび足ですでに去っているのかもしれない。ネコ好きだし。そう思って、そうっと瞼を開こうとした、そのとき。

何かが、額に触れた。やわらかくて、つめたいもの。きっと、いや間違いなくそれは、彼の唇。

その瞬間。まさに全人生をかけて待ち望み続けた瞬間だった。ポリスの『見つめていたい』は流れ……ない。かわりに脳裏に浮かんだのは、自分が作ったチョコパウンドケーキの画像だった。そしてそれに添えられた言葉──あの人の手で作ったもの、なんか食べたら下痢しそうw

「わたしが死ぬって思ってますよね？」

真冬はかっと目を見開いて、言った。保志はすでに病室の出入り口に向かって歩き出していた。

「え？」と振り返る。

「わたしががんで死ぬって思ってますよね？　だからこんなことするんですよね？　もうこいつは死ぬから、最後にいい夢見せてやるかとでも思ったんですか？　あのまま死なれちゃ自分の寝覚めが悪いから？」

「いや、あの」

「わたしは」と保志を遮った。「そんな同情はいりません！　今までずっと、ずっとずっとずーっと一人だったんだから、このまま一人で死ぬことなんて、ちっとも怖くありません！」

保志は数秒、呆けたようにこちらを見ていた。やがて、無言のまま背を向けた。

「それと！」と真冬はその背中に向かって叫ぶように言った。「わたしが作ったパウンドケーキは絶品ですから！　材料は全部新宿タカシマヤでそろえたし！　下痢なんかするもんか。あなたにはもったいない高級品です！」

病室のドアが、バタンと閉じた。同時に、真冬は枕に顔を押し付けて、子供みたいにうわーんと声をあげて泣きじゃくった。最悪だと思った。自分は人生の最後の最後まで、誰からも愛されないどころか、バカにされ続けるのだ。数カ月後、あるいは数日後には、ひとりぼっちの死の瞬間が訪れる。

どこまでも、世界の果てまでひとりぼっちで。誰もいない。一緒にいたい、手をつないで外を歩きたい、おいしいものを二人で食べたい、そう思ってくれる人が一人もいない世界で、ひとりぼっちで死ぬ。

ふいに、自分は間違ったのかもという考えがよぎる。彼は本心から言ってくれたのでは？　本心から、自分も同じ気持ちだと言ってくれたのでは？　あるいはもし本心じゃなくても、ただの同情や罪悪感からだとしても、それにすがって死んでいくほうが、ずっと、ずっとずっとマシじゃないの？

誰かに愛されたかったと最後の最後まで惜しみながら死ぬより、たとえそれがかりそめでも、にせものでも、ただ見下されてバカにされているだけだとしても、誰かと両想いでいると信じながら、死ぬほうが。

追いかけよう。まだ間に合う。慌ててベッドから降り、カーディガンを羽織る。そのとき、スマホが鳴った。保志からだと思ってとびつくと、保志ではなく、夏枝だった。

外見て！

窓に駆け寄った。すると、病棟の目の前の広場に三人がいた。レジャーシートぐらいもある大きな絵を掲げもっている。ニコニコ笑顔の真冬がビールを飲んでいる絵だった。顔の下には「またみんなでおいしいお酒を飲もうね！」という言葉が書き込まれていた。

三人は手を振ったり飛び跳ねたりしながら、何か口々に叫んでいた。病棟の窓は勝手に開けられないので、何を言っているか確かめることはできなかったが、きっと、がんばって、と言ってくれているのだろう。

三人の周りを桜吹雪がまっている。死ぬときは、今見ているこの景色を思い出せばいいと思った。というか、そもそも。

わたしは死なない、絶対に。おいしいビールをみんなで飲むんだ。

2026年　春　ファンキーシックスのトニー

喪服を着ていると、なぜか煙草が吸いたくなる。そんなもの、高校生のときですら吸ったことがないけれど。

線香の匂いのせいだろうか。それとも、父方の祖父が十二人きょうだいの大家族で、子供の頃は毎年のように葬式につれられていたから、そのとき父やおじたちが吸っていた煙草の匂いを、思い出しているのだろうか。

「どうでもいいか」

つぶやいて、春来はふっと笑う。

「え？　どうしたの？」夏枝が聞く。「何か言った？」

「なんでもない」

「そう」

それから、また沈黙。

そのとき、館内アナウンスが流れた。三人でなぜか上を見上げながら耳を澄ます。秋生が言った。

「終わったみたいだな」

火葬炉のある広間に戻った。三人で静かに骨を拾った。箸から箸へ渡す、なんてことはせず、それぞれ自分で拾った骨を黙々と壺に入れる。半分は長野の善光寺に納骨し、半分は沖縄の海に散骨してほしい、と生前に故人が希望していたので、骨壺は二つ用意してもらった。

骨は年齢のわりにしっかりして大きくて、拾いにくかった。善光寺はともかく、なんで沖縄なんだよ、と心の中でひとりごちる。沖縄出身でもないし親戚もいないし、なんでだよ、おかしいだろ。せいぜい一度か二度、旅行にいっただけだろ。ていうか一体誰がそこまで散骨しにいくんだよ、俺はいかねーぞ。

「沖縄、せっかくだからみんなでいこうよ」

春来の内心をまるきり見透かして、夏枝が言った。少し鼻声だった。

「いいね」と秋生。「みんなで泡盛飲みながら骨を撒こう」

すべての骨を拾い上げ、大きいほうの骨壺を春来が、小さいほうを秋生が持って火葬場を出る。タクシー乗り場に向かったら、従業員がいて、「今、出たばかりなので五分ほど待ってください」と言われた。

タクシー乗り場の案内板の横に、三人並んで立つ。「沖縄、みんなでいこうね」と夏枝がまた言った。

春来も秋生も「うん」と答えただけで、その先の言葉はなかった。

しとしとと雨が降り出した。今朝のニュースで、午後から本降りになって風も出ると言っていたっけ、これで桜は終わりだな、と春来は思う。病室で「死ぬ前に桜を見られてよかった」とさみしそうにつぶやいていた横顔が、目に浮かぶ。桜なんて、長い人生で腐るほど見てきただろうに。それでもやっぱり、春の死に際には見たくなるものなのだろうか。俺も死ぬとき、それが春だったなら、せめて桜が咲くまでは、なんて思ったり——

そのとき、どたどたと聞き覚えのある足音が聞こえた。うつむきがちだった三人が同時にさっと顔を上げた。

「しゃーちょー！」

「え！　なんだよ冬さん！　こなくていいっていったでしょ！」

春来は思わず大声を出した。真冬は喪服を着ているが足元はスニーカーで、両手に黒いパンプスを一つずつ、まるでリレーのバトンのように握りしめていた。春来たちのところまでくると、膝に手をつき、ぜえぜえと息を吐いた。

「冬さん、店、お願いねって言っておいたでしょ」

「だ、大丈夫」と苦しそうに真冬は答える。「み、美穂っちに、任せた……」

美穂をはじめとする親戚やたくさんの母の友人、知人たちには、葬儀の出席だけで火葬場は遠慮してもらったのだ。葬儀場の担当者に「できれば、ご家族だけで」と言われたからだ。コロナ禍以降、火葬場まで大勢でぞろぞろ連れ立って参列するということはあまりしなくなったらしい。一人だけ存命のおばも足腰が悪いので、火葬場は自分一人でいくとはじめから決めていた。夏枝と秋生だって当然帰らせるつもりだったが、どうしてもというので、二人にだけこっそり付き合ってもらったのだ。

「今日はミーティングがあるから、冬さんに店頼んだのに。なんだよ！」

「だってえ。わたし一人だけいかないのも、心苦しくて」

「もういい、急いで戻ろう」

ようやくきたタクシーに四人で乗り、駅前の店のほうで先に二人おろしてもらった。ミーティングは本社担当者の都合で一時間ずれこんだとのことだった。今日だけ美穂に代わってもらう予定だったが、なんとか自分でやれそうでほっとした。

いとこの智樹から、オーナー業を継いで二年になる。智樹と離婚した美穂には、パート契約の副店長として残ってもらい、かわりに去年、真冬を正社員の店長にした。長期の療養でかなり蓄えを減らし、将来が心配だというからだ。平日の午前中は美穂、午後から夜までを真冬、深夜と週末はナビと二年前に正式に採用したナビの弟のナジャで回す、という態勢が、今のところはうまくいっている。

春来自身はときどき店を手伝うことはあるが、基本的にはオーナー業に専念できていた。何よりそれを、美穂が望んだからだ。

美穂は智樹の不倫問題が発覚した頃、過労も重なって体調を崩し、結局、半年近く休職した。復職するときの話し合いで、こう言われたのだ。

「もう面倒なことは一切やりたくない、限界なの」

それまでいかに、自分が面倒ごとを美穂におしつけていたのか、春来は痛感した。痛感するのが遅すぎたことも痛感していた。美穂は智樹の仕事を手伝うために、子供をあきらめた。もともとやっていた看護師の仕事もあきらめた。そのことに春来は、間違いなく加担していたのだ。売れない作家兼名ばかり店長をやりながら、店のすべてを美穂におしつけてきた。非正規社員時代にパワハラで心身を患ったときには、あらゆる面で助けてもらった。そして、母のことも。もちろん、恩義は感じていた。その一方で、美穂はそうやって人の面倒をみるのが好きな女なんだと決めつけて、勝手に甘え切っていたのだ。

「どうだった?」

本部担当者とのオンラインでのミーティングが終わってすぐ、美穂が事務所に入ってきた。春来は喪服から私服に着替えようとしていたところで、下はパンツ一丁だったが、美穂はとくに構うことなく、打ち合わせ用のソファに座った。

「今日ぐらい、わたしがかわってあげたのに。お葬式のあとって、いろいろやることあるでしょう？」

「いや、いいよ」そそくさとジーパンをはきながら春来は答える。「行政書士やってる友達に一括で頼んだから」

母関係の面倒なもろもろは、すべて夏枝に丸投げした。もちろん、ボランティアではなく有料だ。夏枝は以前の職場を去年ようやくやめ、そこより少し規模の大きい行政書士事務所に移った。人間関係の問題もなく、楽しくやっているようだった。

「どうだった？ミーティング」

「まあ、いつもの感じだよ。今回は子供の日のキャンペーンの話がメインかな。折り紙で飾り付けを作って店に飾ったらどうですか、なんて言ってくるから、そっちで作ってくれるならやりますよって言ってやったら、じゃあこれからたくさん作って明日持っていきます、だってさ。あの新入社員、ほんと真面目だよな」

「わたしがやってたときは変なやつばっかりだったのに。春来くんに代わってもらった途端、いい子ちゃんがくるんだもん。むかつく」そう言って、美穂は頰を膨らませる。

「何それ。悪口言うの、めずらしいね」

「わたしね、そういうの我慢するの、もうやめたの」

確かに、前の担当社員はときどき店にくると、美穂をはじめ女性の店員にパワハラめいた接客指導する嫌なやつだった。その前の担当社員はとにかく数字で結果を出せとせっついてくる面倒なやつだった。そういったうざすぎるやつらとのやりとりも、以前は美穂におしつけてばかりだった。

そのとき、事務所のドアがノックされた。「はーい」と応じると、パートの菅原が顔をのぞかせた。

「店長、あ、間違えた、社長、ちょっとトラブルが……」

慌てて着替えをすべて終えて、店に出る。作業服を着ている六十がらみの男が、大声でしゃべっていた。対応している真冬は平身低頭でひたすら謝罪している様子だが、相手は全く納得していないようだ。

トラブルの原因らしいベトナム人店員のユエンは、平然とした顔でほかの客のレジ対応をしている。事務所で菅原から聞いたところによると、この作業服の男がレジの前にやってきたとき、ユエンはあからさまなしかめ面をして鼻をつまんだだけでなく、男が財布から小銭を出そうともたもたしはじめると、せかすように爪でコツコツとレジ台をたたいたというのである。

「お客様……」と春来は真冬の後方から割って入った。事務所を出て店側に入った時点で、男が発している酒臭さには気づいていた。もちろん、ユエンのようにしかめ面するわけにも、まして鼻をつまむわけにはいかない。

男は春来を無視した。しかし、春来は真冬を下がらせ、強引に男の視界に入った。

「お客様、お話があるようでしたら、わたくしがお伺い……」

「いやいや、あんた誰よ？　俺はさっきいけしゃあしゃあと店長を名乗った女と話してるんだよ。あのね、あの女が、わたしが店長ですって自分から言ったんだよ。だから俺は、あんなバイトはクビにするべきだって言ったの。そしたらえっらそうに、クビにはしませんなんて言うから、じゃあ店長としてお前には何ができるんだ、なんで出てきたんだって聞いてやったんだ。だけど何も答えない。申し訳ございません、しか言わない。ロボットじゃないんだからさあ。店長なんだろ？　この店の長なわけだよな？　ただレジやってる太ったおばちゃんじゃないんだろ？　それなりの給料もらって、それなりの立場でいるわけだよな？　な、の、に、ちゃんと答えない。だから俺は納得できないって言ってるの」

この手の理屈っぽい粘着質な客はやっかいだ。同じ話を延々と繰り返し、己の影響力を誇示しようとする。春来は真冬と同様、ひたすら頭を下げ続けた。もっと大声を張り上げて暴れたり、金品を要求してくれたりしたら警察も呼べるが、男はそれをわかっているのか、きわどい言動は巧妙に避けていた。

「何？　オーナー？　あんたはただ金を出してるだけなんだろ？　俺は店長の責任を問うているの。さっきのおばちゃんと話をさせなさい。まあ、あなたにも任命責任はあるけどね。いくらコンビニだからって、あんなおばちゃんが店長はないんじゃないの？　レジ打ちぐらいでしょ、あの人ができるの。とにかく、あのおばちゃん呼んできて」

「お話はわたしが……」

「あんたはいいの、裏に引っ込んでなさい、さっきの店長を」

「ですから」

「さっきの店長を名乗ったおばちゃんを出しなさい。もちろんね、本社にもたっぷりとクレームを入れますけどね。まずは店長です、店長としての責任をとり」

「お話は！　わたしがうかがいます！」

腹から声を出した。その刹那、店中の客、従業員が呼吸を止めた、そんな感じがした。こんなに大きな声は、みんなでカラオケにいったときぐらいしか出さない。めまいがした。

男は明らかにひるんでいた。が、すぐ気をとり直した様子で、「なんだよ、客をおどすのか」と言った。

「お話はわたしが伺いますと申し上げているだけです。ですから、お話はわたしが伺います」

毅然とした態度をとり続けること。おどおどしたり、逆に熱くなりすぎたりしないこと。美穂から言われたことを、心の中で繰り返す。以前は、この手の客が現れたとき、出ていくのはいつも美穂だった。「わたし、こういうの得意だから」という言葉に甘えて、春来は大抵、すぐ近くで見ているだけだった。あとで「お疲れ」なんて言いながら美穂に缶コーヒーとケーキをおごって、それでチャラにしたつもりでいた。

男はずっと同じ調子でしゃべり続けていたが、春来の隙のない対応に少しずつ心を削られていったのか、だんだんと態度を軟化させていった。ほかの客の邪魔にならないよう、二人で店の外に出ようと促すと、素直に従った。

外は春の強い風が吹いていた。男の少ない髪の毛がその風にあおられ、頭頂部の黒光りした地肌がちらちら見える。そのうち男は嫁さんに逃げられただの、仕事も金もないだのと、全然関係ない身の上話をしはじめた。

「あんたはいいよな、どうせかわいい嫁さんと子供いるんだろ」そう言いながら喫煙所で男が口にくわえたのは、しけもくだった。

「僕も五十過ぎて独身ですよ」春来がそう答えると、男ははじめて笑顔になって「なんだよう、はやく言えよう」と肩をたたいてきた。

そこからさらに三十分ほど耐えた。そのうち天の恵みのような雨が降ってきて、ようやく男は去った。

しかし、一難去ったあとはまた一難。店に戻ると、ユエンと菅原がもめていた。菅原がユエンの態度をたしなめたら、逆ギレしはじめたというのだ。二人をなだめたり、ユエンと面談したり、さらに客に罵倒されて動揺している真冬を落ち着かせたりと、自分の本来の業務とはほとんど関係ないあれこれに手をわずらわされているうちに、あっけなく日が暮れてしまった。

結局早退することになった真冬を店の前で見送り、事務所に戻ってきた途端、春来は脱力して椅子に座りこんだ。真冬の代わりに残業してくれることになった美穂に向かって、「俺はあしたのジョーだ」と言った。

「え？　何それ」

「灰になった」

アハハと美穂は笑う。「でも、春来くんって確かに似てるかも、あしたのジョーに。顎がしゃくれてるところ」

「しゃくれって言うな」

美穂はまた声をあげて笑った。その笑顔は、やっぱり前の笑顔とは少し違うと春来は思う。昔から明るくよく笑う人だったが、どこか無理をしているというか、元気すぎてついていけないと思うことも少なくなかった。美穂と智樹がいよいよ離婚するとなったとき、智樹がふらっと店にきて、「あの人はいつも正義の味方で、俺は悪者だから」とこぼしたことがあった。そのとき春来は、つい同情的な気持ちになったのだ。でも、美穂のことを悪く言う人は、確かにいない。誰からも好かれる太陽のような存在。でも、そんな人とパートナーでいる生活は、幸せばかりとは限らないのかもしれない。

そしてそれは、美穂自身も。

「今日のクレーマー、すごくお酒臭かったね」美穂は言った。

「でもさ、なんだかかわいそうな人だったよ、あの人さ」春来は言う。そして、昼間にいれてすっかりぬるくなっているコーヒーをすすった。「今年で六十六歳だってさ。結構大きな建設会社で働いてたらしいんだけど、リーマンショックでクビになって、それからずっと派遣で工場勤務とかしてたんだって。でも業務中にケガをして、体力仕事はきびしくなったから、最近は派遣会社に言われるままコールセンターなんかにいってみるんだけど、社内システムが難しすぎてついていけないわけさ。今日は早朝の日雇いの仕事の帰りだったらしいよ。古傷の膝が痛いって、涙目で言ってた。嫁さんにも逃げられて、子供とも連絡とれないんだって」

「そんな細かい話までしたの？」と美穂は目を丸くする。

「つい聞いちゃったよ。あの人は少し上だけど、俺らの世代もあの手の人が多いんだよ。就職で失敗して、恋愛や結婚でも失敗して、五十過ぎてひとりぼっち。自分をなぐさめてくれる人は周りにはいない。あんなふうにコンビニとか飲食店の店員に難癖つけて憂さ晴らししたくなる気持ち、わかっちゃうんだよなあ。おっさんってほんと、悲しい生き物だよ」

しけもくを吸っていた泥色の横顔。今、どんな気持ちで夜を過ごしているのだろう。さらに追加した大量のアルコールで痛みも苦しみもわからなくしている頃合かもしれないが。

「春来くんはいいじゃない」美穂は言った。「この店もあるし、友達もいるし」

「この物価高の時代にコンビニなんて、いつまで持つかわからないよ、わかってるでしょ？　それに、友達なんて。そりゃ、いないよりはいるほうがいいけどさ。若者みたいに、飽きずに毎日毎晩一緒に過ごせるわけでもないし。それに何か困ったことがあったとき、友達にはやっぱり迷惑はかけられないよ」

「あのね、わたしはここ数年いろいろあってしみじみ思うけど、人生どれだけつらくても、前を向くのをあきらめちゃだめなんだよ。がんばっていたら、誰かがそれを見ていてくれて、いいことがあるかもしれないよ？」

「そりゃ女の人は、そういうことも……」

美穂が体調を崩し休職する少し前、美穂の母に胃がんが発覚した。幸い、手術はうまくいったが、その後の抗がん剤治療でかなり苦しんだという。その母のために、美穂は病院にせっせと着替えを運んだり、マメに電話をかけたりしていた。その姿に心打たれたのが、母の担当看護師だった。美穂より一回り下で、身長は百九十センチらしい。彼からの熱烈アプローチを受け、離婚成立後に交際開始し、そして再来月、美穂は再婚する。

——こんな五十過ぎのおっさん、どんなにがんばったって、誰も見てくれないよ。心の中だけでつぶやく。四十代の半ばで出会いを積極的に探すのをやめたら、本当に見事なまでに女性と縁がなくなった。もしかしたら自然なかたちでどこかで誰かと出会えるかも、なんてはかない夢は夢のまま、実現する兆しは一向にない。

すべての女から、無視されていると感じることさえある。ときどき店の仕事を手伝っていると、客の女から「リップクリームはどこですか？」なんて話しかけられる。そのときの目。まるでその辺の木や石っころでも見るような目。

「わたしは春来くんがここ数年とてもがんばってるの、しってるよ」

こちらの心のうちを見透かしたように美穂は言う。思いのほか真剣なまなざしに、春来はどきっとする。

「わたしの生活も、冬さんの生活も、そのほかにもいろんな人の生活や幸せが、春来くんのがんばりにかかってるの。だから、こんな腐りかけのコーヒーを飲むのはやめなさい」

人差し指を立て、まるで保育園の先生みたいな口調で言う。じゃあお疲れ、と手を振って去っていくときに、ちらっと見えた左手の金のリングがまぶしく輝いていた。

自分の仕事が片付いたのは夜の九時過ぎだったが、その後ナビがやってきて、三店舗目の話し合いをすることになり、気づいたら深夜〇時を過ぎていた。

三店舗目は全面的にナビに任せる予定だった。ナビもそれを足掛かりに、自身もコンビニオーナーになることを目指していくつもりらしい。

ついこの間まで、仕事中にバイトの女の子をしつこくデートに誘ったり、トイレに隠れてマッチングアプリをやったりといい加減極まりないやつだったが、弟のナジャが結婚し子供が生まれてからは、人が変わったように真面目に働くようになった。「守るものができたから」とナビはよく言っている。自身は未婚だが、インドは家族の結束が強いのだろう。

話し合いが終わり、春来が事務所を出ようとすると、ナビが「ちょっと待って」と引きとめてきた。

「これ、うちの弟の嫁が作りました。ビリヤニです。野菜たっぷりです」

渡された紙袋には、タッパーが三つも入っていて、火葬場で渡された母の骨壺と同じくらい、ずっしりと重かった。

「二週間分はあるので、小分けにして冷凍してください。インスタント食品は食べないで」

そう言って、相変わらず極太の両の眉毛を指でこする。

春来は帰宅すると、言われた通り、渡された大量のビリヤニを小分けにして、今晩食べる分をのぞき、冷凍室に入れた。それから一昨日、自分で作ったキャベツとベーコンのスープを温める。二年前、春来は前の1Kのアパートから徒歩三分の距離にある2DKのアパートに引っ越しをし、それと同時に長年使っていた小型冷蔵庫を捨て、2ドアの162リットルのものに買い替えた。おかげで自炊が格段にはかどるようになった。とはいえ、毎日やるのはさすがにきついので、休みの日に一品か二品をたくさん作って、数日かけて少しずつ食べる。先週は肉じゃが、先々週は豚汁ときのこのマリネを作った。ときどきはインスタント食品も食べるが、以前よりはだいぶ頻度は減った。

「いただきます」

きちんとふきんで拭いてきれいにしたちゃぶ台に、少なめに盛ったビリヤニとスープ、ノンアルビール。ビリヤニはインド式炊き込みご飯ともいえるな、と心の中でつぶやきながら、一口ほおばる。途端にスパイスの香りが鼻を突き抜け、思わず「おおっ」とうなってしまう。ナビの言っていた通り、大きな野菜がごろごろ入っていて、食べ応えがあった。自炊するようになって知ったのは、手作りの食事には出来合いのものやインスタント食品では感じられない、特別な満足感があるということだ。不揃いの野菜や、ムラのある味付け。そこに人の気配を感じる。そのぬくもりがうれしい。そして案外、それが自分の作ったものであっても、結構うれしいものだ。

スパイスの刺激につられて、ぱくぱくとハイペースで食べてしまった。スープもすべて飲み切って、ノンアルビールは一本でがまんして、きちんと手を合わせて「ごちそうさまでした」とつぶやく。

しけもくを吸っていた作業服の男。春の強い風に吹かれながら「嫁さんでもいてくれたらな」とつぶやいていた。その泥色をした横顔を、また思い出す。

あんなふうにならないために。ひとりぼっちでも、生活が破綻しないように。そう思って、ここ数年、できるだけ健康に気を遣い、身の回りを整えて暮らすようになった。最初は無残な失敗を喫した炊き込みご飯も、今ではそれなりにうまく作れるようになった。どんなに面倒でも、週に一度、いや二週に一度は掃除をする。ゴミもためない。そして、仕事に精を出す。たとえそれが自分のやりたい仕事とは違っても。夢見たものとは違っても。全く不本意なものであっても。美穂や真冬やナビの生活を支えるという責任をあえて自分に課して、あきらめてしまわないように、すべてを投げ出して、何もかもどうでもよくなってしまわないように。

「よっこらしょ」

皿やコップを流しに持っていき、そのままにせずすぐ洗う。それからシャワーを浴びて歯を磨く。明かりを消して布団に入り、自分で自分を抱きしめるように、春来は眠る。

「それでは、真冬さん人生初の海外旅行の前途を祝して、かんぱーい！」

秋生のその声に合わせて、四人でカチーンと音を鳴らして強くジョッキを合わせた。

今晩の八時過ぎ、真冬は人生ではじめて海を渡る。行先は韓国ソウル。その目的は、推しのアイドルのコンサートにいくこと。

「イケメンファイブだっけ？」夏枝が突き出しの酢だこをつまみながら言った。「そこのジョンだっけ？　台湾系アメリカ人の」

「違う！」と真冬。「ファンキーシックスのトニー！　韓国系アメリカ人！　どうしてそこまでずれて覚えられるの」

術後、真冬の大腸がんはステージⅣからステージⅢに診断が軽くなった。術前の想定よりがんが小さかったようだ。しかし、術後は一時的にストーマがとりつけられ、また、これ以上の転移を防ぐために長くつらい化学療法も受けなければならなかった。真冬はストーマの不便さになかなか慣れることができなかった。みんなでリハビリがてらイオンまで買い物と食事にいったとき、トイレで失敗し、子供みたいに泣き出してしまったことがあった。やがて真冬はうつ状態になって、家から一歩も外へ出なくなった。

そんなきつい日々を支えたのが、スーパーセブンのマイケルだかダニーだかだったのだ。

春来は忘れもしない。退院から四カ月ほどたった夏の終わりのこと。その頃、春来は仕事の合間や帰りなどに、真冬のアパートまで様子を見にいくようにしていた。大抵は居留守をつかわれて会えずじまいだったが、ドアに耳をあてるとごそごそと物音がした。それで生存確認をしていたのだ。

ところがその日、インターホンを押すとすぐにドアが開いた。現れた真冬の姿に面食らった。数週間見ないうちにずいぶん痩せてしまっていたのだが、それだけではない。薄手のタンクトップ一枚のノーブラ姿だったのだ。

そんな自分のとんでもない格好のことなど全く気にもとめることなく、真冬は「ちょっときて!」と春来を強引に部屋に引っ張り込んだ。そしてそれから約三時間、春来は見知らぬ韓国アイドルの動画を鑑賞させられ続けることになった、真冬の熱い解説つきで。

「やっぱ、五十代の人生を彩るのは、推し活よ、推し活!」

そう言って、真冬はジョッキに入ったカルピスをビールみたいにあおる。さすがに夜のフライトに備えて、アルコールは自粛するようだ。一時はBMIが標準以下になるほど痩せてしまったが、ストーマも無事外れ、化学療法を乗り越え二年たった今では、肥満枠まであと少し、といったところまで戻りつつある。それがいいことなのか春来にはわからないが、本人いわく「小太りが一番健康!」だそうだ。

そんな真冬の前には、今、六つのアクリルスタンドが並んでいる。もちろん、応援しているアイドルグループ全員のアクスタだ。最近、外で飲むときの定番の儀式であり、自分の興味のない話題が出たときなどにうれしそうに眺めたり、写真を撮ったりしている。

「若いアイドルを推してるおばさんてさ、嘲笑の対象でしかないでしょ？　それはわたしもわかってるの。ていうかわたしも、少し前までそういうのって、ちょっとみっともないっていうか、恥ずかしいなって見てたと思う。でも、自分がそうなってみると、人の目なんて、ほんっとどうでもいいんだよね。好きな人がいる。それが近くにいる人か、存在するかもわからない偶像であるかの違いなんて、あってないようなものなのよ。誰かを好きになるって、どんなかたちでもすばらしいこと。それだけ！　本当、トニーに出会ってからのわたしの人生は三百六十度変わっちゃったの。それまで悩んでたいろいろが嘘みたい」

三百六十度なら一周して元通りだぞ、とやぼなことは誰も言わなかった。代わりに秋生が「それまで悩んでたいろいろって、例えば何？」と枝豆をぽりぽり食べながら聞いた。

「そりゃ、やっぱり」とその顔が少し暗くなる。「……このまま、わたしは誰とも恋愛しないのかなっていう、悩み。悩みというか、不安。不安というか、苦しみ。とくに病気する前、四十代のときが一番苦しかった」

「それはもう消えたってこと？」春来はつい前のめりになりながら聞いた。

「そうね、自分でも、びっくりするほどきれいさっぱり！」真冬の顔がぱっと華やぐ。

「強がりでもなんでもなく。……でも、それが全部トニーのおかげかっていうと、違う気がする。大病して、命より重要なことなんかないって心の底から気づいたっていうことも大きいし、でもなあ、どれもコレ！って感じではないんだよなあ」

「単に五十過ぎて、いろいろどうでもよくなっただけじゃない？」横から夏枝が言った。

春来の分まで酢だこを食べている。「わたしね、五十過ぎてしみじみ思うんだけどさ。四十代って、女にとってはとくに、生殖する最後のチャンス期だったなあと思うの。だから脳からの変な指令に惑わされて、男のこととか子供のこととか結婚のこととかで、必要以上にあーでもないこーでもないって悩む人が多いのかなあって。わたし自身は、理性では一人で自由に生きたかった、ずっと。でも生殖本能が、男とくっつけ、子供を産めって言ってくるような感覚はあった。じゃなきゃ、後悔するぞって。だから必要以上に悩んだし、苦しんだ。わたしのこれまでの人生の苦しみやつらさって、もしかしたらぜーんぶ、そこからきてたんじゃないかとすら思うの。で、五十代になって生殖のプレッシャーと、何より更年期の苦行から解放されたら、悩みもつらさもきれいさっぱり。あとはもう自分のためだけに生きられる、サイコーな季節がはじまるわけ」

「でもね」と真冬。「そのサイコーな季節を謳歌するためには、何より健康が重要だよ。

あと、お金！」

「男はどうなるの？」秋生が聞いた。「男は理論上は、いつまでも生殖できるよ？」

「男は、そうねえ」と夏枝は腕を組む。「よくさ、『男は八十、九十になっても子供作れるんだぞ』って自慢気に言ってるエロジジイっているじゃない？　元夫の父親もよく言ってたわ。わたしにマウントとってるつもりみたいだったけど、あれって裏を返せば、みじめで悲しいことよ。死ぬまで繁殖活動し続けるってさ、しんどすぎ。もうおっさんなんだからあきらめればいいのに、可能性が少しでもある限りあきらめられない。繁殖レースから抜けられない。しかも自分の性的魅力はどんどん下がっていって、成功する確率はがたがた減っていく。しんどすぎ。孤独すぎ」

その夏枝の言葉は、春来の胸にどすんときた。つい暗い顔つきになってしまいそうで、ごまかすためにぬるくなったビールをあおった。

そんな春来の落ち込みなどお構いなしで、それから夏枝と真冬は、いかに今のおひとりさま生活が充実しているか、交互に語りはじめた。真冬は推し活と健康維持のためには加入した登山サークル、夏枝はバスケットボールと最近は囲碁にもハマっていて、さらに仕事の幅を広げるために中国語を習いはじめたという。

二人の楽しげな話を右から左に流しながら、春来の頭に浮かぶのは、あの泥の色の横顔としけもくだった。「嫁さんでもいてくれたらな」という悲しい、けれど魂から発せられたつぶやき。そんなのあきらめましょうよ、なんてとても言えない。おっさんなんだし、無理っすよ、自分の人生を楽しみましょうよ、なんて。

嫁さんでもいてくれたらな。

自分も、毎晩思っているから、魂から叫んでいるから。いつまでもいつまでも願ってしまうから。たった一人で眠る、墓石のように冷たいベッドの中で。

「社長も何か趣味を見つけたら？」

唐突に自分に話を振られ、しかしなんと答えたらいいかわからず、春来は「なんもねえべや」と酔っぱらったふりをした。

「秋生は？」真冬はすぐにあきらめて、質問の矛先を変えた。

「仕事以外に、何かやりたいこととかないの？」

「うーん」と箸を持った手を顎にそえて、秋生は言い淀む。「……俺、子供が生まれるんだ」

全員が、あっけなく沈黙。週末の新橋の居酒屋。店は騒がしいはずだが、すべてが静まり返っているように感じた。

「……卵子提供を、受けたってこと？」

その沈黙をやぶって口を開いたのは、真冬だった。

「いやいや、提供してもらって誰が産むのよ」と夏枝。「わかった。代理出産でしょ？

秋くんお金あるもんね。セレブみたい！　いつ生まれるの？　わたし、子育て手伝うからね！」

「いや、待てよ」と春来は口をはさんだ。「代理出産ってことは、国内でやるのは無理だよな。海外だろ？　でも秋くん、確か先々週に会ったとき『コロナ禍のときにパスポート失効してそのままだ』って話してたよな。おかしくないか？　いくら自分で産まないからって、一度も出国せずに代理出産を頼むなんてこと、可能なのか？」

「じゃあ、何だと思うの？」と真冬が聞く。

「あれだろ。子供じゃなくて、孫だろ。あの不良息子、今度はマジで女を妊娠させたんだ」

「全部違う！」秋生は言って、そのあとにやりと笑った。そしてスマホの画面を見せる。それはどうやら、エコー画像というやつのようだった。秋生が「これとこれとこれとこれ」と指で指し示す。

「え！　四つ子！」と夏枝と真冬が同時に発した。

「うん」と会心の笑みで秋生はうなずいた。「元妻のところで飼ってるゴールデンが赤ちゃん産むんだ。そのうちの一匹を、うちに迎えようと思って」

「なんだ、犬かあ」と真冬が笑い、「もっとちゃんと見せて」と夏枝がバッグから老眼鏡を取り出す。三人は子犬の名前や祝いのおもちゃを何にするかでわいわいと盛り上がりはじめる。しかし、春来の心はまたどろどろとした闇の奥へずぶずぶ沈んでいく。秋生は以前から新しいペットを迎え入れようか迷っていた。迷っている理由は、今の家が狭く、自分ひとりでたろうともう一匹の世話をするのは大変すぎるからだ。決意したということは、今のマンションを売って引っ越すことを決めたということ。引っ越すなら、きっと恋人との二人暮らしになるだろうということ。そうに、違いない。

俺だけ。

俺だけ、何にもない。

四十代のはじまりで、この三人と出会えたのはきっと幸運だった。朝までカラオケをしたり、酔っぱらって道端に寝転んだり、同じ部屋で雑魚寝したり、くだらないことでいつまでも笑い合ったり。まるで青春のやり直しをしているようでもあった。けれど。それぞれに、それぞれの暮らしがあって、それは永久にまじわらない。俺が冷たいベッドの中で抱えるさみしさと孤独を、この中の誰ともわかちあえない。夏枝は友達とも人生をわかちあえる、といつだか言っていた。いつまでたってもそうは思えない。友達が百人いたって、俺の心はきっといやされない。

——嫁さんでもいてくれたらな。

もうおっさんなのに。みっともない、いつまでもこんな願望にしがみついて。でもどうしても捨てきれない。あきらめられない。

やがて、店を出なければならない時間になった。「今日はわたしのおごり!」と言って、会計は真冬が全額支払った。四人でJRに乗って浜松町へいき、東京モノレールに乗り換える。チェックインはオンラインで夏枝が代わりに済ませた。第3ターミナルにようやくたどり着くと、夏枝の主導で忘れ物最終チェックをし(その間に秋生がレンタルWi-Fiをとりにいった)、そのあと真冬が右往左往しつつも荷物を預けるのを三人で見守って、それも終わると、いよいよ保安検査場の列へと向かった。

「じゃあ冬さん、気をつけてね」列に並ぶ前に夏枝が言って、真冬の手を握る。「何度も言うけど、しらない人についていっちゃだめだよ。貴重品は分散して持つようにしてね。あと、ライブ中は水分補給を忘れずにね」

「うん」と真冬は真面目にうなずく。

「困ったことがあったら、時間気にせず連絡しろよ」秋生が言う。「あ、Wi-Fiのポーチに、いろんな緊急連絡先を書いた紙を入れといたから。日本語通じる病院とか、大使館とか、調べて書いといた」

「わかりました」

一呼吸おいて、三人が、春来を見る。

自分の番だ。それはわかっていた。けれど、言葉が出てこない。

なぜなら、何か一言でも発したら、涙があふれ出てきそうだったから。

自分でも、どうしてこうなってしまうのかわからなかった。ただとても幸せで、胸がいっぱいだった。生死の境をさまよい、なんとか命をつないだあとも、気力を失って絶望していた真冬が、こうして今、すっかり元のぽっちゃり体型にも戻り、夢と希望に向かって飛び立とうとしている。もうとっくに五十も過ぎたのに。まるでこれから海外留学にでもいく中学生みたいな顔をしているじゃないか！

それがうれしくて、たまらなかった。でも、こんなことで泣けない。だって変だ。おかしい、俺はコンビニのオーナーで、真冬はただの従業員。家族でもなんでもない。でも友達、友達だ。大切な友達。これからもずっと一緒に過ごしていく友達。

「店長、あ、間違えた、社長」

真冬が言う。なんでだよ、と春来は思う。なんでお前まで、涙目になっているんだ。

「社長のおかげでここまでこられました。本当にお世話になりました」

そう言って、ペコっと頭を下げた。すかさず夏枝が「ちょっと、花嫁の挨拶じゃないんだから」とつっこむ。しかしそんな夏枝の声も、あきらかに鼻声気味だった。

「夏っちゃんも、秋生も、本当に本当にありがとう」そう言って、ついに真冬は泣き出し、演歌歌手みたいに服の袖で涙をぬぐった。「今のわたしがあるのは、誰よりもみなさんのおかげです」

「しんきくさ！　あんたたち、わかってる？　これは今生の別れじゃなく、二泊三日の韓国旅行よ？　沖縄より近いわよ？」

急に秋生が女装バーのママの口調になって言うので、三人でつい笑ってしまった。

「ほら！　保安検査の締め切りまで十分切ってるわよ！　急ぎなさい！」

「やばい！　あの、じゃあみんな、お土産楽しみにしててね！」

真冬は慌てて駆け出した。列についても何度もこちらを振り返って手を振る。完全に向こう側にいってしまい、姿が見えなくなるまで、何度も、何度も。

なんとなく、三人はしばらくその場に立っていた。夜の空港は活気に満ちていた。これから夜更けに向けて、いくつもの飛行機がとびたっていく。

「じゃあ、いこうか」

夏枝が言って、三人は空港をあとにした。

今日は恋人の家にいく、という秋生は東京モノレール、地元にまっすぐ帰る春来と夏枝は、池袋までバスに乗ることにした。すっかり酔いの回った夏枝は、バスの中ですぐに熟睡しはじめた。窓から見える空港の倉庫群の冷たい光をながめつつ、夏枝の子供みたいな寝息を聞いた。

池袋に着き、私鉄に乗り換える。やや混雑した車内で、二人は吊革につかまって立ち、ずっと黙っていた。ほのかなアルコールと、汗の匂い。誰もが疲れ切った顔つきで、スマホをながめるか虚空を見つめるかしている。

一つ一つ、駅を通り過ぎる。そしてもうまもなく、夏枝の家の最寄り駅についてしまう。

結局、やっぱり最後は一人なんだよな、と春来はしみじみ思う。四人でどれだけ盛り上がったって、誰かの人生の門出に涙し合ったって、最後は必ず、それぞれの家にべつべつで帰る。そして俺はいつも通り、ひとりぼっちで眠る。

窓の向こうに広がる家々の小さな明かり。闇にとびちる蛍の群れみたいにも見える。このうちのいくつの明かりが、家族や恋人たちを温かく照らしているのだろう。いくつの明かりが、俺と同じように、一人暮らしのさみしさに気が狂いそうになりながら、必死で生きている孤独な男女に、冷たい光を投げかけているのだろう。

「わたしたちってさ」ふいに夏枝が言った。「歳取ったら同居しようとか、ルームシェアしようとか、決して言わないところがいいなって思うの。みんな一人でがんばる。困ったときは支え合いながら。そんな関係、なかなか作れない。わたしは今、すごく幸せなの」

次の駅に到着する、というアナウンスが車内に流れる。さみしい。さみしくて仕方がない。

でも、多分、俺は恵まれている。

「だから、いつまでも、春くんも健康でいてね。わたしがこれからも一人で生きていけるように、健康でいて」

うん、と夏枝の目をまっすぐ見て言った。夏枝はホームに降りると、めずらしくずっとこちらに手を振り続けていた。そのとき、ぐーっと腹が鳴る。さっきの新橋の居酒屋で、なんとなく気分が落ち込んで、あまり食べられなかった。今になって腹が減ってきた。家に帰ったら、自分で作ったホタテと昆布の炊き込みご飯を解凍して食べよう。真冬に教えてもらったレシピで作ってみたら、自分史上最高にうまくできた。それからもう一品、あまりものの野菜と肉を炒めるか煮るかするか。今晩酒は十分飲んだから、飲み物はノンアルで。そんなことを考えて、ふーっと息をつく。

誰かが自分の健康を願ってくれるのなら。俺もこうして、一人で、歯を食いしばって生きていくしかない。

本書は、双葉社文芸総合サイトCOLORFULで
二〇二三年七月から二〇二四年三月に配信したものに
加筆修正を行いました。

双葉文庫

み-31-05

俺《おれ》はこのままひとりぼっちで、
いつかおかしくなってしまうんだろうか

2024年4月13日　第1刷発行

【著者】
南綾子《みなみあやこ》

【発行者】
箕浦克史
【発行所】
株式会社双葉社
〒162-8540 東京都新宿区東五軒町3番28号
［電話］03-5261-4818（営業部）　03-5261-4831（編集部）
www.futabasha.co.jp（双葉社の書籍・コミックが買えます）
【印刷所】
大日本印刷株式会社
【製本所】
大日本印刷株式会社
【カバー印刷】
株式会社久栄社
【DTP】
株式会社ビーワークス
【フォーマット・デザイン】
日下潤一

ISBN978-4-575-52746-9 C0193
Printed in Japan

双葉文庫　好評既刊

死にたいって誰かに話したかった

南綾子

恋人どころか友人もできず空回りばかりしている奈月は、生きづらさを抱えて日々暮らしていた。悩みを共有するために「生きづらさを克服しようの会」を勢いで立ち上げるが……。生き方に悩む男女が不器用に前進する姿を描いた長編。

双葉文庫　好評既刊

タイムスリップしたら、また就職氷河期でした

南綾子

2019年、アラフォー非正規の凛子は人生に絶望していた。就職氷河期世代のための再就職セミナーに向かうと雷が落ち、1999年にタイムスリップしてしまう。就活仲間だった鶴丸とも再会。二度目なら人生をうまくやり直せるかもしれない、と二人は目論むが……。

双葉文庫　好評既刊

21世紀の処女

南　綾子

勅使河原一子は、人生に何の目標もなく頭の中は好きなアイドルやエロい妄想でいっぱい。男を前にすると暴走してしまうため、気づいたら三十六歳処女。誕生日の正月に脱処女を決心した一子は、奔走する。爆笑&感涙のガールズ奮闘記。

双葉文庫　好評既刊

珠玉

彩瀬まる

国民的歌姫だった美しい祖母を持つ歩は、経営するファッションブランドの人気が低迷しデザイナーの相棒にも見限られ、最悪の状況に陥る。そんな折、仕事を失いかけているモデルの穣司と出会う。弱さを抱えた者たちが成長する姿を描いた長編。